だからって子供を見殺しにできるか！
お前もそうだったんだろう!?

ガラティア王国 第3王子

クラウ・タラニス

ガラティア王国の第３王子。母親が平民の出だったことと、触れるだけで竜具を壊してしまうため「ガラクタ王子」と陰口を叩かれている。王族の中で王に最も遠い存在であり、本人はそもそも王になりたいと思っていないところがある。

優しく穏やかな性格で、感情を抑えることが多い。

王族の剣術師範だったティラナの祖父から剣術の手ほどきを受けており、腕前は達人級。

ふふん、妾は見目だけの女ではないぞ。
さあ、奴らを見事斬り伏せて見せよ！

王を予言する竜姫にして竜具

リア・ファール

ガラティア王国の打ち捨てられた倉庫で眠りについていた竜族の生き残りの少女。長い間眠っていたため記憶喪失気味だが、自らを「王を予言する竜」と言い、我が身を顧みず他人のために尽力するクラウに王器を感じ、押しかけ妃として付き添う。

普段は人の姿だが、その身を竜具に変えることができる。竜具としての能力はケタ外れ。しかし、消費する魔力も多く大抵の者は扱えないため、一見すると「ガラクタ」な武器として映ってしまう。

仰せのままに。クラウ様

クラウの侍女

ティラナ・イーグレット

ガラティア王国の貴族の少女で、幼い頃からクラウに侍女として接している。王族の剣術師範だった祖父がクラウに手ほどきをした際にクラウと出会った。以後、クラウの傍におり、ほのかな好意を抱くようになった。

クラウに王器を感じているが、クラウ本人に意志がないためヤキモキしている。剣術の腕前は一流で、侍女としても一流。彼女のスカートからはあらゆる物が出現すると噂されている。

ガラクタ王子と覇竜の玉座

藤春都

BRAVENOVEL
ブレイブ文庫

目　次

INDEX

いわく、かつて竜と人間は結託して神を殺してしまったのだという。
神がいない世界で人間はなおも生きている。

第一章　ガラクタ王子と覇竜の玉座

廊下を駆け行く足音に、クラウ・タラニスは跳ね起きた。

小隊の仲間と交代で仮眠を取っている最中だったから、革鎧の紐を緩めただけで戦闘装備はそのまま身につけている。クラウは素早く紐を数カ所締め直し、腰には長剣、そして弓と矢筒をひっ掴《つか》むなり階段を駆け下りた。

外に出ると冷たい夜風が頬を叩き、糸のような月と黒色を塗り込めた空が視界に広がる。

「ヤーヒム、どこに出た!?」

「ああ、殿下」

声を張り上げると、篝火を手に何やら叫んでいた男がこちらを振り返る。

風音で声が掻き消されそうで、クラウは急いでヤーヒムの近くまで駆け寄った。

「あそこです。ほら、ボロい倉庫があるでしょう」

ヤーヒムが篝火を指示棒代わりに使って説明すると、クラウは眉根を寄せて眼下を眺めた。

この国のほとんどの都市では、市街地は高さ数メルトルの城壁でぐるりと囲まれている。

今クラウたちがいるのもそんな城壁の一角に防衛拠点として造られた砦のひとつだ。

壁の内側に居並ぶ家々がみな灯りを落として眠りにつく中、壁の上だけが慌ただしい。

「……もう、かなり増えてるな」

月明かりにもろくに頼れない暗い夜であるが、城壁から差し掛けられる篝火のおかげで外側の様子はいくらか見て取れる。クラウたちと同じ警備隊の兵と、――暗闇にうぞうぞと動き回る〝何か〟。

「最近、妙に襲撃が多いな……」

「連中も、王様が寝込んでる隙にガンガン攻めとけってことじゃないですか」

不遜な軽口を叩いたヤーヒムは、クラウにぎろりと睨まれて肩をすくめた。

そして、二人が話している間に他の仲間たちも集まってきた。四十路のヤーヒムを筆頭に二十歳前後の青年が八人ほど。

彼らがクラウ率いる警備小隊の部下である。

「出るぞ」

隊長らしく短く一声かけてから、クラウは城壁の外階段を一気に駆け降りた。

壁外に出るなり、ふたたび夜風が激しく吹き付けて黒髪を散らした。もっとも、いつも自分でざんばらに切っているだけの髪なのでいまさら気にはしないが。

城壁の外側には雑草や低木がぽつぽつ生えるだけの荒野が広がっている。

そして、さきほど城壁の上から確認したとおりに倉庫のあたりから怒号が聞こえてくる。他の警備小隊が先に殲滅に取り掛かっているようだ。壁外での戦闘ならば一般市民を巻き込む危険はないので、そこは気楽である。

「守備隊長殿の指示は……ないな」

クラウはちらりと城壁の塔を見上げて嘆息した。

戦闘時には上官からの命令に従うのが鉄則であるが、塔の最上階は沈黙したままだ。もしかしたらこの騒ぎにも気付かず熟睡しているのかもしれない。こんな襲撃はよくあるから、毎度大騒ぎしていられないというのが本音だろう。

だがクラウたち下っ端の兵士は毎度のことだと無視するわけにはいかない。

暗闇の向こうからは今日も金属を叩きつけるような音、隊長の指示、悲鳴が聞こえてくる。

地面に落ちた篝火に浮かび上がるそれを見据えて、クラウは呟《つぶや》いた。

「腐れ神……」


昔、人間は竜と一緒に神を殺したのだという。

なぜ先祖が神殺しという大罪を犯したのか、神話には語られていない。確かなのは、以降、この世界には死に際の神の呪い――〝腐れ神〟と呼ばれる化け物が発生し、人間は今なおその脅威に曝《さら》されながら生きているということだ。


「それじゃ、殿下。俺たちもいつもどおりに」

「ああ、頼む」

とはいえ神の呪いだろうが何だろうが、戦いも続けばそれが日常になってしまう。

クラウも頷いて手にした弓を握り直した。

腐れ神は人間の集落を襲うという性質こそ共通しているが、その特徴は毎回異なる。今回は大型犬から馬ほどの大きさの個体が十数体。

「うぇぇ、今回は〝虫〟かよ……」

部下が心底嫌そうに呻《うめ》いていた。

神の呪いに〝形〟などないということか、腐れ神は本来は粘液状の不定形である。だが彼らは進路上の虫だの小動物だのを取り込んで形状をそっくりそのまま真似するという性質があった。学者によれば、形質の〝情報〟を食らっているのだとか。

今クラウたちの前にいる奴らは虫が気に入ったらしく、もっとも大きな二メルトルほどの個体はカマキリ、随伴する一メルトル前後の個体はアリを模している。

正直、直視したくない。目を凝らしても暗闇で細部まで見えづらいのがむしろ幸いか。

「ただ、これは近づくにも一苦労だな」

脚を景気よく振り回す虫どもに、他の隊も近づきあぐねているようだ。

「……さて、ちゃんと俺に気付いてくれよ」

クラウは呟《つぶや》いて、目を細めて矢を番《つが》える。

近距離から放った矢は、一射目は外骨格に弾かれた。硬い生き物を真似されてしまうと、こうして攻撃が通じづらくなるので難儀する。

二射目はうまく突き刺さった――が、頭部の一部が泡のようにぼこりと膨れ上がり、矢は押し出されてぽとりと地面に落ちてしまった。頭はすぐに元のカマキリの形状に戻り、おそらく矢傷などまったく残っていないだろう。

生半可な……普通の武器では〝神の呪い〟たる化け物には傷ひとつ付けられない。攻撃できないわけではないのだが、こうして即座に形状回復されて終わりだ。

だがクラウは表情を変えなかった。

それでいい。射殺すつもりで矢を射たわけではないのだ。

傷を負わずとも苛立《いら》ちはしたらしく、カマキリは巨大な目をぎょろりと動かした。数百、数千の複眼がまったく同時にクラウを映し、

「――――!!」

突如、何かに気付いたように振り上げた両前脚を激しくこすり合わせた。

「……っ！」

二メルトル近い巨体から発せられた物音に、間近で聞いてしまったクラウは反射的に顔をしかめる。散開していたヤーヒムたち、ついでに近くにいた他の隊の兵までもがいっせいに顔を強張《こわば》らせていた。

そして最大個体が発した檄に周囲のアリたちの動きもまた大きく変わる。

「よし、こっちを見た！」

巨大な虫どもの視線を浴びながらもクラウは気丈に叫んだ。

腐れ神は人間を襲う――それは確かだが、その中でも優先順位がある。

そしてクラウは腐れ神にとってはもっとも憎いであろう類《たぐい》の人間なのだった。

カマキリ、そして数体のアリはいっせいにクラウに狙いを定めて、八本の脚を目にも留まらぬ速さで動かして迫り来る。クラウはもう何射か足元に打ち込んで動きを牽制してから、背を向けて全力で走り出した。

腐れ神の攻撃方法は単純で、模した生物と同じ動きで人間を襲ってくるだけである。たとえば狼や熊であれば鋭い牙で人間の肉を食いちぎろうとするし、虫であれば前足や鎌を振りかざして迫ってくる。

問題はもっぱらその大きさだ。

たとえアリであっても二メルトル近い大型となればそれだけで十分な脅威である。なにより相手は人間への殺意に満ち溢《あふ》れているのだ。

「くっ……」

虫だけあって脚が速い。ぺしゃんこにされるのは御免被《こうむ》りたい。

「殿下ッ!!」

「任せた！」

間一髪、クラウに迫る虫たちをヤーヒムや部下たちが武器を構えて取り囲んだ。

複眼と広い視野を持つ虫といえど、クラウに気を取られ、また暗がりでは人間たちの動きをすべて捕捉しきれなかったようだ。

「ずえりゃぁあッ」

ヤーヒムが短剣を腰だめに構えてアリの一体に横から体当たりする。

実戦用の地味な拵《こしら》えの短剣だが、刀身は鋼ではなく白い骨を削りだして作られたものだ。

白くざらついた刀身は黒い脇腹に食い込む瞬間、ヤーヒムの気合いと魔力を受けてあかあかと炎の色に輝いた。

クラウの矢は弾いた外骨格だが、光る刃、そして巨漢の体重をそのまま乗せた一撃には耐えられなかった。短剣は柄まで深々と突き刺さり、そしてすぐさまヤーヒムが刃を引き抜いて跳ね起きてもその動きに追随することはない。

「まずは一匹、やりましたぜ……っと」

「一撃だな、さすが」

カマキリの動きを牽制しながらクラウが快哉《かいさい》を上げた。

昆虫を象《かたど》った身体がまるで泥が乾くかのように崩れて散っていく。ヤーヒムもその残骸を踏み潰して、短剣を構えて次の一体に向かっていく。

同様の手順でもう二体ほど屠《ほふ》り、

「残りはこいつ……だ……!?」

「うわあああっ」

後は巨大カマキリを残すだけ……となったところで、若い部下が悲鳴を上げた。

この小隊で腐れ神に有効な武器を持っているのはヤーヒムだけなので、他の隊員は基本的にはクラウと同じ牽制役である。彼らはクラウと同様に弓、あるいは鉄剣でカマキリを追い込んでいたが、若い一人がその動きを追い損ねたようだ。

ヤーヒムはまだ距離がある。たとえ短剣を投げたところで動きを止めるには至らない。

「ちっ……！」

考えるより先にクラウはふたたび矢を抜き出していた。

矢は狙いどおりにカマキリの脚に突き刺さる。

ただの矢では腐れ神を殺せない。だがつっかえ棒のように関節部に矢が突き刺さったせいで、カマキリはがくりと体勢を崩した。すぐさま矢を体内から排除して形状回復したいはずだが、細い脚に刺さったとあってそれにも時間がかかっているようだ。

そして、それはヤーヒムが追いつくのには十分な時間だった。

「死ね、このクソ神野郎がッ！」

吠えてヤーヒムが繰り出した刃は赤から橙へと熱と輝きを増し、ナイフでバターを切り分けるかのように、巨大なカマキリをやすやすと斬り裂いた。

腹に大きく切れ込みを入れた後、ヤーヒムは長大な脚にも刃を入れて切り刻まんとする。

「ヤーヒム、もういい！」

クラウが声を張り上げると、ようやくヤーヒムは短剣を握る手を下ろしたのだった。

小隊一同の目の前でカマキリもまた泥の姿に戻り、やがてそれも乾いてぼろぼろと砕けていく。ひときわ冷たい夜風が吹き付け、その残骸をまとめて吹き飛ばした。

同時にヤーヒムの手の中で赤光が消え、元の白い刀身へと冷えていく。

「いやあ、今回は少し肝が冷えましたぜ、殿下」

「俺はお前を見ている方がよっぽど肝が冷えたよ」

肩をすくめて振り返るヤーヒムに、クラウも苦笑した。

そこで、そこかしこから歓声が聞こえてきた。どうやら他の隊もそれぞれ腐れ神を討伐し終えたようである。一番大きなカマキリはクラウ小隊が倒したから、さほど被害は出ていないだろう。

「それにしても、隊にこいつ一本じゃあつくづく心もとないですなあ」

短剣を鞘に収めながら、ヤーヒムがぼやいた。

「せめて殿下も竜具を使えりゃ、もうちょっと俺たちも楽なんですがねえ……」

〝竜具〟とは文字どおり、竜の骨を加工して作られた道具のことである。

かつて人間は竜と結んで神を殺した。ゆえに現在でも腐れ神を倒す唯一の手段は遺された竜の骨で攻撃することである。ただし竜という種族が滅びてしまった現在では遺骸……遺骨を用いた武器や道具はきわめて貴重であり、また誰でも使えるわけではない。

竜の力を引き出せるのは竜と人間の混血の末裔《まつえい》――貴種《ブルーブラッド》、すなわち王侯貴族。

こう見えてヤーヒムは貴族の家柄である。もっとも称号《タイトル》なし、年金なしの最下層なので、こうして警備隊に勤めて日銭を稼いでいるわけだが。

「じゃあ、俺にその剣を貸してみるか？」

「勘弁してくださいよ。こんなボロい剣でもいちおう家宝なんで、壊されたんじゃ先祖に申し訳が立たねえ」

上官に対してあまりな台詞だが、気心の知れた部下とのこんなやり取りはいつものことだ。

「まぁ王様の血がこれっぽっちも役に立っちゃいませんわな、殿下は」

「良いことは特にないな。面倒だし。要るならいつでもやるから言ってくれ」

クラウが肩をすくめて言うと、ヤーヒムや部下たちがいっせいにげらげらと笑った。

クラウの父親はこのガラティア王国の国王だ。

すなわち貴種《ブルーブラッド》の中の貴種《ブルーブラッド》、王国の第三王子である。

だが竜具を使いこなせない。……いや、使いこなせないだけならまだマシだ。

クラウは竜具に触れただけで壊してしまう、いわば〝竜具殺し〟とでも言うべき難儀な体質なのだった。腐れ神に竜具でしか対抗できない現在、貴重な竜具を破壊するだけの王子は穀潰《ごくつぶ》しどころかただの歩く傍《はた》迷惑である。

母親が貴族ですらない下働きの平民の娘だったこと、またその竜具との相性の悪さ（？）のせいで直系王族《ノーブルブラッド》とはいえ城で悠々自適に暮らすことはできず、こうして砦で日々化け物退治に勤《いそ》しむ身の上となっているのだった。

ともあれクラウも残りの矢を矢筒に戻してから、部下たちを見渡して声をかけた。

「全員、怪我はないな？　じゃあ上に戻……」

号令は途中で中断された。

他の隊がわっと騒ぐ声がして、赤光が視界の端から射し込んでくる。

「今度は何だぁ!?」

「……倉庫だ」

小隊はいっせいに振り返って愕然とした。

市街地をぐるりと囲う城壁は一部が腐れ神の防衛拠点の砦になっており、また別の箇所には倉庫なども併設されている。おそらく戦闘のどさくさで篝火が倉庫にまで飛び火していたのが、今になって一気に火勢が強まったのだろう。

「あの倉庫、何がしまってあったかな」

「中もうボロボロですよあそこ。武器はなくて、櫓《やぐら》を組むときの木材を見た気がします」

哨戒のため城壁の上に残っていた隊も火事に気づいたようで騒いでいる。壁外のこの辺りには井戸がないので、彼らには悪いが現在クラウ隊が特に手伝えることはない。

「けど、燃えるものが多いとなると……」

顔をしかめたところで、クラウはきつく額に皺を寄せた。

「殿下?」

「……もう一体いる」

「はぁ!?」

轟々《ごうごう》と唸《うな》りを上げつつある炎に紛れて、一瞬、一抱えほどもありそうな蛾が見えた。カマキリだのアリだの地を這《は》う虫だけだと思っていたが、羽虫を象《かたど》った腐れ神もいたのだ。

そして、そいつは警備隊から逃れて身を潜めていた。

「あのまま放っておけば、時間切れでまた数が増える！」

「ちょっと殿下……ああもうテメェらもう一仕事だ！」

クラウは矢を抜きながら駆け出し、それを慌ててヤーヒムたちが追いかけてくる。

火事だと騒いでいる兵たちの側まで駆け寄ると、彼らはぎょっとした顔で道を開けた。

腐れ神は人間すべてを呪っているが、かつて己を殺した竜のことは特に恨んでいるようで、〝竜〟の要素を持つものを優先的に襲う傾向がある。竜具と貴種《ブルーブラッド》、その中でも貴種の中の貴種とでも言うべき王族《ノーブルブラッド》は狙われやすい。

竜具殺しのクラウであっても、残念ながらその点だけは変わらない。

だからこそ小隊ではいつも囮役を引き受けているわけだが、

「別に、好きで引き寄せているわけでも……っと！」

そこで、炎の向こうに隠れていた巨大な蛾も王族《ノーブルブラッド》に気づいたようだ。

極彩色の羽に鱗粉《りんぷん》と火の粉を同時にまとわせながら、羽音を立てて一気に迫ってくる。あの巨体の体当たりをまともに食らったら、燃えるか叩き潰されるかの二択である。

「このっ……」

矢の狙いを定める暇はない。クラウはとっさに長剣を抜いて急降下の一撃を受ける。

かろうじて体当たりを弾き返したものの、一撃で両腕の感覚がなくなってしまった。

「うわっ……」

「一度後退しろ、俺たちまで巻き添えになるぞ！」

兵たちの声を聞きながら、二撃目、三撃目、クラウは上空で急旋回して迫ってくる蛾を必死で躱《かわ》した。空を飛ぶとはいえ一直線に突っ込んでくるだけなので、軌道を予測して避けることはそこまで難しくはないが、しかし、

「ヤーヒムたちは何やってる……！」

「――殿下あああ！」

信頼する部下の声はやけに遠くから聞こえた。

慌てて振り返れば目と鼻の先には炎の壁があり、その向こうに部下たちの気配がある。

「え……？」

気が付けば、今クラウがいるのは古びた倉庫の中だった。

巨大な蛾は無軌道に襲ってきているだけだと思ったのだが、偶然か、はたまた知能が高い個体だったのか、クラウは燃え盛る倉庫の中に追い込まれていた。急いで脱出しようと倉庫の入口に目をやるも、そちらには蛾が制止《ホバリング》している。

クラウは腐れ神への直接的な攻撃手段を持たない。そして部下の援護も望めない。

「くそっ……！」

血の気が引く、とはこのことだと思った。

ここまで火が回っては部下が突破してくるのも時間がかかるだろう。蛾からすればこのまま適当に妨害しているだけでクラウはそのうち焼け死ぬのだが、どうやら憎い直系王族《ノーブルブラッド》を相手に

それでは飽き足らないようだ。

「しつ、こいっ……」

何度となく繰り出される体当たりの一撃を避け、あるいは剣で弾きながらも、クラウはどんどん燃え盛る倉庫の奥に追い込まれていく。

そもそも城壁の一部をくり抜く形で作られた倉庫であるから、中はそう広くない。

階段を下り、鍵が壊れた扉を蹴飛ばし、クラウはほどなく最奥らしき部屋に辿り着いた。

「はあ、はあ……」

地下のこの部屋までまだ火は回っていないが、熱さはもはや耐え難いほどだ。腐れ神に潰されるより先に蒸されて死ぬ気がする。

「……いかにも〝ガラクタ王子〟らしい死に様だって言われそうだな」

呟《つぶや》いてからクラウは自虐めいた笑みを浮かべた。

ガラクタというのはいつの間にか定着していたクラウの蔑称だ。竜具を壊してガラクタにしてしまう王子、母親の身分が低く政治的に無価値な王子、うまいこと言ったものだとクラウ自身も思ったくらいである。

クラウは汗を拭いながら部屋を見回す。木材用の倉庫という話だったが、地下のこの部屋にそうしたものは見当たらない。

だが、代わりに妙なものが部屋の奥に安置されていた。

蛾が纏《まと》う火の粉に照らされて、やがてクラウの目にも見えるようになる。

「……蚕？」

そう形容するのが一番近いだろうか。

地下室の壁や床には白い糸が張り巡らされ、その中に繭が浮いている。繭の大きさはクラウが両手を広げた以上、ちょっとした棺《ひつぎ》ほどもありそうだ。

「まさかもう一匹⁉」

蛾に追われているクラウは絶望的な気持ちになったが、すぐにそうではないと気づいた。

四方に張り巡らされた糸には汚れひとつなかったが、糸が張り付いた壁や床には分厚く土埃が堆積している。ここ数年……いや数十年近くこの部屋は無人のままだったはずだ。むろん腐れ神も侵入していない。

繭に近づいてみると表面は極上の絹糸の輝きで、触れればさぞや手触りが良さそうだ。

そしてその繭に包まれて、絹の寝心地を堪能している者がいた。

「……女の子？」

そう、見えた。

繭に包まれているせいで顔立ちははっきりしない。ただ波打つ金色の髪と女らしい体つき、白い肢体を薄布が覆っていることだけは見て取れる。

しかし使われていない倉庫の奥で繭に包まれて眠っているとはどういうことか。

「……つぐ！」

追って蛾が突っ込んでくるのをクラウは避けようとしたが、しかし自分のすぐ後ろには繭が

ある。クラウは踏みとどまって刀身を両手のひらで支え、どうにか蛾の体当たりを弾き返したが、巨体の一撃を真正面から受けたせいで一瞬息が詰まった。

「げほっ……」

クラウは何度か咳き込む。

蛾もクラウを仕留めきれないせいか、苛《いら》立たしげに羽をばたつかせながら旋回する。

――と、そこで鱗粉《りんぷん》と火の粉を纏《まと》わせた巨体が不意に揺らいだ。

地下室に渦巻く熱気で視界が歪んだようにも見えたが、そうではない。巨体がどろりと溶けて昆虫からただの茶褐色の肉塊へと変化し、やがて真ん中から千切れてぼとりと床に落ちた。

天井と床に二等分された肉塊はぼこぼこと泡立ってふたたび形を変える。

ほどなく――時間にすればほんの数十秒ほどの出来事だったろう、クラウの目の前に現れたのは、まったく同じ姿かたちをした二匹の巨大な蛾であった。

驚きはない。ただ、クラウはこの現象をこそ恐れていた。

「……時間切れか」

素体が粘液状の化け物であるためか腐れ神は分裂して増えるのだ。一定時間ごとに分身を生み出して倍々と増えていくから、腐れ神を発見したなら確実に最速で倒すのが鉄則だ。

地上でカマキリとの戦闘に時間を食い過ぎたのだ。クラウはぎりっと唇を噛んだ。

一体ならまだしも一人で二体を相手にするのはどだい無理な相談である。しかもクラウは敵を傷つける手段すら持たないのだ。

「……死んだかな、これは」

どのみち厄介者の〝ガラクタ王子〟だ。死んでもたいして問題にはなるまい。

どこか他人事のように呟《つぶや》いたところで、しかし不意に昔のことが思い出された。

『誰かを守れる、素敵な男の子になってね』

病床の母の言葉だ。

クラウの母は王城で下働きをしていたところを国王のお手つきになった女性だった。だが国王に寵愛された期間はごく短く、息子《クラウ》と娘がそれぞれ問題を抱えていたこともあって、気苦労を重ねて若くして亡くなった。

最期にクラウにこう言い残した母は、おそらく病弱な妹をクラウに託したかったのだろう。けれどもその言葉はクラウの耳に残り、行動の指針となった。小隊で危険な囮役をずっと務めているのも、自分が身を曝《さら》すことで隊の皆が無事なら……警備隊や街への被害を減らせるならと思えばこそだ。

そして今、目の前で少女が危険に曝《さら》されている。

「……なら」

この少女が誰でいかなる事情があるのかは今はどうでもいい。彼女だけでも逃がさなくてはならない。ただでさえ炎に巻かれかけている倉庫であり、目の前には人間の天敵たる化け物がいるのだから。

「俺よりこの子を優先するってことは……たぶん、ないはずだ」

王族《クラウ》がいる以上、腐れ神が少女を攻撃対象とすることはないはずだ。自分はもはや助からないだろうが、今すぐであれば少女だけでも倉庫から出してやれるだろう。

クラウは片手で剣を振りかぶりながら糸を切りやすいよう繭を左手で押さえると、

「え？」

――ぴしりと繭にヒビが入る音がした。

剣で繭を切り裂くより先に、手を触れただけでぼろぼろと糸が崩れて消えていく。

この現象をクラウは昔に見たことがある。家臣たちに渡された竜具に触るなり割ってしまい、陰で〝ガラクタ王子〟呼ばわりされるようになった頃だ。

「この繭……もしかして、竜具なのか」

しかし、そうであるならば。

竜具の繭に包まれて眠っているこの少女は何者だ？

＊＊＊

――気が付けば、クラウは城の謁見の間にいた。

父王の座するガラティアの王城だとは思うが、はっきりしない。なにしろ王族《ノーブルブラッド》として謁見の間で式典に参加したことがろくになく、たまに噂話で聞くだけなのである。

どうやら自分は謁見の間の上座にいるようだ。

目の前にはまっすぐに緋《ひ》色の絨毯《じゅうたん》が延び、その左右に大勢の貴族が控えている。

思わず苦笑した。これでは、まるで自分が王様のようではないか。

――そなたが王だ。


謁見の間に凛とした声が響き、自分は傍らを振り向く。

隣には少女が一人いた。

見覚えのない少女だ。小さな作りの顔に大きな瞳が紅玉《ルビー》のようにきらきらと輝き、自分を見上げている。薔薇《ばら》色に上気した頬と少し朱を差したらしい唇、顔のまわりを陽光よりも輝く金髪が彩っていた。

自分と比してもずいぶん小柄であるが、胸の膨らみは水蜜桃のように瑞々《みずみず》しく、くびれた腰から続く太腿はむっちりと柔らかそうだ。なぜ身体つきがはっきり分かるのかと言えば、レースとドレープの下から白い肌が露わになっているからである。

よく見れば金糸の縫い取りが施された晴れの日のドレスであることが分かるのだが、一般的なガラティア人の感覚からすれば下着とまでは言わないが、破廉恥きわまりない衣装だった。

こちらを見上げるその少女は両手に何やら抱えている。

それが王冠だと気付いて自分は目を丸くした。

自分が跪《ひざまず》くと少女はゆっくりとこちらに両腕を伸ばしてきた。王冠を飾る一対の紅玉《ルビー》が、少女の瞳と同じ色であることにふと気づく。頭上にいくらか重みがかかり――

気が付けば、目の前に巨大な蛾が迫っていた。

ぎりぎりでの回避は何度も繰り返した動作ではあるが、思わず悲鳴を上げてしまったのは仕方あるまい。まさか自分が炎の熱に浮かされて幻を見るとは思わなかったのだ。

それにしても酷い幻だったが。

母親の身分はごく幼い頃に認識させられたし、ガラクタ呼ばわりされてからは王位を望んだことなど一度もなかった。そのはずなのに今にも死にそうなこの場面であんな夢を見るということは、自分は意外に王位に未練があったのだろうか。

＊＊＊

「そんな気はなかったんだけどなあ……っあ、あの子は!?」

クラウが破壊した繭はもうほとんど崩れて溶け去っている。

その真ん中に横たわっていた少女が、やがてゆっくりと体を起こした。

「……あ！」

その姿を横目に見つめて、クラウは目を見張った。

緩く波打つ豪奢《ごうしゃ》な金髪、紅玉《ルビー》の瞳、小柄で肉付きの良い身体、少女はさきほど幻で見た人物とまったく同じだった。胸元が大きく開いているところまで一緒である。

「ッ!!」

「きゃぅ!?」

クラウは少女の腕を掴《つか》んでとっさに床に伏せる。その一瞬後に蛾の片割れが二人の頭上すれすれを通り過ぎ、飛び散った火の粉が髪をちりちりと焦がした。

悠長に話をしている暇はない。クラウは少女の腕を掴《つか》んで強引に立ち上がらせながら、

「いいか、そこの扉から階段を上がればすぐに倉庫の出口だ。燃えてるけど突っ切れ」

乱暴極まりない物言いだが、クラウが蛾どもにかかりきりになる以上は自力で逃げてもらうしかない。上の階では警備兵たちが消火にかかっているだろうから、うまくすれば彼らに助けてもらえるだろう。

「王よ、そなたは？」

「悪いが、陛下から救援なんて来ない！　いいから早く、このままだと蒸し焼きになるぞ！」

唐突な少女の言葉に眉をひそめながらもクラウは叫び、とんと少女の白い背を押す。

そう言えば妹以外の女の子に触れるのはこれが初めてな気がした。

まあ、死ぬ間際に可愛い女の子を一人助けられるなら、ただの〝ガラクタ〟の死に様よりは少しはマシになるだろうか。自分が無能であることはどうしようもない――が、そのくらいの自己満足はあってもいいだろう。

だがクラウの言葉に少女は目をぱちくりとさせている。

「いいから早……」

「ふむ？　あの汚らわしい羽虫を斬り捨てればよいのではないか？」

少女は心底不思議そうな顔である。

確かにこの状況からすれば、そう思っても仕方ないのだが、

「俺は竜具を持ってないし使えない！　あいつを倒す術がないんだ！」

「ふふん。――そんなもの、ここにあるではないか」

場違いに優雅な……しかし確信に満ちた声で言う。

次の瞬間、少女の姿がかき消えた――ように見えた。

白い肌が宙に溶けて白銀となり、やがて刃が生じて鋭い輝きを添える。そこに金糸の髪がふわりと巻きついて精緻な装飾が施された柄になり、鍔には少女の紅い瞳と同じ一対の紅玉《ルビー》が嵌《は》め込まれる。

ふわりと宙に浮かぶ大剣にクラウは一瞬、状況も忘れて見惚れたが、

『きゃぅっ!?』

クラウが手を伸ばさなかったため、美しい大剣はがちゃんと石床に落ちた。

『痛た……そなたが妾《わらわ》を早う受け取らぬから!?』

「竜具……なのか？　なら俺が壊すわけにはいかないだろう!?」

『王よ、何を言って……』

「俺は竜具に触れないんだ！　昔から、ちょっと触るだけで全部ガラクタになった！」

二匹に増えた蛾を必死に目で追いながらも、クラウと少女は互いに喚《わめ》き続ける。

『そんなわけがあるか！　妾《わらわ》が力になると言っておるのだ、その神どもをぶった斬れ！』

「いや、でも……」

『いいから手に取れ！　我が名は〈玉座《リア・ファール》〉、王を予言する竜だ！』

もはや迷っている暇はなかった。

クラウは素早く大剣を拾い上げて両手で構える。

「本当だ……」

少女――リアの言うとおり、大剣がいきなり砕けることはなかった。

華麗な、ともすれば儀礼用のナマクラにも見えてしまいそうな大剣である。だが白銀の刀身と黄金の柄には無駄な……戦いに不要なものなどひとつもない。強大な敵を一刀両断にし、大軍を指揮する王が誇らしげに掲げる、戦場の華――王者の剣だ。

「……綺麗だな」

『ふふん、妾《わらわ》は見目だけの女ではないぞ。さあ、奴らを見事斬り伏せて見せよ！』

言われるままにクラウは手にした大剣を振り上げる。

同時に刃が輝きを増し、熱気に満ちた部屋に涼しげな白銀の弧を描いた。

「軽いな」

実際は白銀の刀身にはそれなりの重量があるのだろうが、うまく重心が取られているのだろう、まるでクラウのために一から誂《あつら》えたかのように自在に振り回すことができる。

突如として出現した竜具に二体の蛾はしばし警戒したそぶりを見せていたが、最大速度でそれぞれ左右から突っ込んでくる。目視で避け切れる速度ではなく、このままでは二人まとめて潰されて終わりだったろう。

力まず、震えず、ごく自然に振り抜く。

手応えすらなく、白銀の刃は腐れ神を二体まとめて横薙《な》ぎに斬り裂いた。

蛾が砕けると同時に部屋を照らしていた火の粉もなくなり、地下室がふっと暗くなる。

「……すごい」

ヤーヒムや他の竜具持ちが腐れ神にトドメを刺すのは何度も見ているが、あの化け物を倒すのは並大抵のことではない。クラウを囮にした集団戦術も活用して、やっとのことで勝利を拾うものなのだ。

呆然と呟《つぶや》いたクラウだったが、すぐにはっと我に返った。

腐れ神は倒したものの、この倉庫はいまだ火事の真っ最中なのである。やっとのことで腐れ神を倒したのだ、剣だけ握って丸焼けは勘弁願いたい。

慌てて階段へと駆け出すも、同時に剣からリアの得意げな声が聞こえてきた。

『ふふ、妾《わらわ》の力はこんなものではないぞ』

クラウは手元の大剣に目を落とす余裕などない。だが白銀の刀身は今度は黄金色の光を帯び、やがて雷のようにばちばちと爆ぜ始めた。異変に気付いたクラウがようやく剣を持ち上げて愕然と目を見開く。

「……え？」

次の瞬間、黄金の光が四方の壁に突き刺さった。

＊＊＊

「ふん。それで、瓦礫《がれき》の下から部下に掘り出してもらっておめおめ戻ってきたと」

「……はい」

城壁の砦の最上階で、クラウは説明を終えて頭を下げた。

昨夜、あの〈リア・ファール〉が放った光は爆風とともに倉庫の壁や床の一部を吹っ飛ばした。その余波で倉庫に回っていた火の一部も吹き消えたようで、消火にあたっていたヤーヒムたちが飛び込んできて気を失ったクラウを救出してくれたというのが顛末である。

「ふん」

砦の守備隊長、上官にあたる男は胡乱《うろん》な目でクラウを見下ろしてきた。

確か爵位《タイトル》持ちの家柄であり、〝貴族の奉仕《ノブレス・オブリージュ》〟のために軍人となった人物である。家宝の竜具も持っているはずだが、王城ではなく市街地の端の砦勤めとなったのがいたく不満らしく執務室に籠もってばかりだ。

何にせよ、本来であれば直系王族《ノーブルブラッド》のクラウを見下ろす立場の人物ではない。

だが上官はぺらぺらと数枚の紙……おそらく昨夜の報告書に目を落として、

「昨夜、壁外に出現した腐れ神は十体……貴様の隊は、ふん、小さなアリを一体潰しただけか。小隊長の貴様はカマキリに追いかけられて情けなく逃げ回っていたと言うからな、この砦の面汚しどもが」

クラウは悟られぬよう小さくため息をついた。

実際は戦果は六体であり、最大個体のカマキリを倒したのもクラウ小隊だが、どこかで戦績が書き換えられている。その犯人を探すことに意味はない。どうせ誰がどう報告を上げたとてこの上官が改竄《かいざん》して終わりだ。

「その一体もヤーヒム・グランジが撃破……優秀な部下がいて良かったではないか、え？」

「はい」

そこだけは素直にクラウは頷いた。

「それに比べて小隊長である貴様は、火の回った倉庫に勝手に飛び込んで内壁を壊して、挙句に埋まって死にかけた？」

あの蛾の扱いが気になったが、おそらく別の隊が撃破したことになっているのだろう。腐れ神の死骸はすぐ消えてしまうので、姿が見えなくなればそれで「倒せた」と見做《みな》すしかない。

ヤーヒムたちはしきりに不思議がっていたが。

「それはそれは、任務中に遊びほうけて結構なことだな。そもそもが……」

なおも続く上官の罵倒を聞き流しつつ、クラウはふと考え込んだ。

どうも上官はあのリアという少女、あるいは大剣のことは把握していないらしい。ヤーヒムたちはクラウがまさか竜具の剣を持っているとは思わないから、瓦礫《がれき》からクラウだけ掘り出して終わりにしたはずだ。その後まだ焼け跡の調査はしていないということか。

この上官らしい仕事ぶりではあるが、あのリアの行方は気になる。

――いや、そもそもあれは本当の出来事だったのだろうか。

リアの痕跡が何も残っていないものだから、そんな気にすらなってくる。自分は熱気にやられて早々に気を失ってしまい、そこであんな夢を見ていただけではないか。未練がましく王だの玉座だのが出てくる夢を。

「聞いているのか、おい！」

ひゅっ、と鋭い音がした。

同時にクラウの頬に一直線に赤い筋が走る。

上官が乗馬用の鞭でクラウを打ったのだ。この男が剣や弓ではなく鞭を側に置いているのはいつものことである。こうして、それが自分に向かって振り下ろされることも。

「…………」

「この穀潰《ごくつぶ》しの〝ガラクタ〟が！」

痛みにわずかに顔をしかめただけで、クラウは直立のまま次の言葉を待つ。

沈黙が気に食わなかったか、上官はクラウの蔑称をはっきり口にして口元を歪めた。

クラウの身分はあくまで第三王子であるが、相応の敬意を払われているわけではない。

平民の娘に手をつけて産ませた子供、しかも貴種《ブルーブラッド》としての働きも期待できないとなれば、貴族にしてみれば格好の憂さ晴らしの素材なのだろう。王族《ノーブルブラッド》でありながら罵倒しても誰にも文句を言われないのだから。

「どうせならそのまま埋もれておれば、穀潰《ごくつぶ》しが一人減って国庫が潤ったものを……」

さすがにクラウ一人の食費で国家財政がどうなるとも思えないが。

「貴様のようなガラティアの面汚しにもご慈悲をくださる正妃殿下に……」

こっそりため息をつく。解放されるのはもうしばらく先になりそうだ。

＊＊＊

ふっ、と鋭く呼気を吐きながら木剣を振り下ろす。

定時ごとの城壁からの哨戒任務、ついでに上官から面罵と打擲《ちょうちゃく》される仕事（？）を終えた夜遅くのことである。

砦には訓練用の中庭があるのだが、夜は人気もなくひっそりとしている。

そこでクラウは独《ひと》り素振りを始めた。

警備隊でも調練は行われているが、クラウの場合は練習台と称して滅多やたらに打ち込まれるだけなのでこんな時間でなければまともに訓練ができない。日々実戦を繰り返しているとはいっても基礎練習を怠ればすぐに剣筋がおかしくなる。

しばらく無心で素振りと型を繰り返した後、後ろに気配を感じてクラウは振り返った。

「クラウ様」

「……こんな遅くに悪いな、ティラナ」

声をかけると、樹の陰から見知った顔がひょこっと覗いた。

歳はクラウと同じく十代半ば、城の女官の衣装を隙なく着込んだ娘である。

すらりと背が高く、背筋はぴしりと伸び、歩いても姿勢がまったくブレず隙がない。燃えるような鮮やかな赤毛にヘッドドレスを挿している。

暗がりで今ははっきり顔が見えないが、なかなかの美人だと付き合いの長いクラウは知っている。もっとも本人にそれを言うと照れて逃げられてしまうし、なかなか笑顔を見せてくれることがないのが残念だ。

「お疲れさまです。……その、これを」

おずおずとティラナは手にした籠を差し出してくる。

掛け布をめくってみるとパンとチーズ、そして鳥の肉を焼いたものが数切れ入っていた。

「このくらいしかご用意できず、申し訳ありません」

市街地の中央にある王城と城壁の砦との行き来は、徒歩では辛いが馬を使えばそう苦ではない。王城の厨房《ちゅうぼう》から食材の余りをくすねてきてくれたのだろう。

「肉まで入ってご馳走じゃないか。ありがとう、助かる」

せっかくだからと少し休憩を入れることにして、クラウは近くの岩に腰掛けて食べ始める。

やがてティラナもちょこんとその隣に腰を下ろした。

「クラウ様、その頰の傷は……」

「ああ、今日の昼間に大隊長殿にな」

「また、あの男はクラウ様に……！」

ティラナが呻《うめ》いてきっと眦《まなじり》をつり上げた。

「まあ、ここ以外にはやられてないから」

「そういう問題ではありません！　王子殿下に、いいえ咎《とが》もない者に手を上げるなどと！」

ティラナの怒りは正論であるが、クラウは力なく笑うことしかできない。

彼女はなおもしばらく怒りを露わにしていたが、やがてクラウにじっと顔を近づけてきた。

「クラウ様だってまぎれもない王家の血筋ではありませんか！」

「実が伴わなければ虚《むな》しいだけだよ。何もない方がマシなんてこともある」

クラウとティラナはあまり背丈が違わないので、真正面に少女の顔《かんばせ》が来る。金色の目はどこか泣いているように見えた。

「クラウ様は今のままで良いと思っているのですか、あんな奴らに馬鹿にされたままで」

言われて少しだけクラウは黙り込んだ。だが、

「そうじゃないけど……ただ、エリーシュカのことがあるからなあ」

クラウの呟《つぶや》きにティラナも天を仰いで呻《うめ》いた。

エリーシュカはクラウの同母妹である。母親の身分ゆえに地位が低いのはクラウと同じ、加えて昔から病弱なのだった。まがりなりにも王女だから治療は受けさせてもらえるが、それもいつ切り捨てられるか分かったものではない。

「俺を殴って満足するなら……エリーシュカに手を出さなければ、そうさせておくさ」

クラウは寂しげに肩をすくめる。

「それに全部が酷いってわけじゃない。隊の部下はいい奴らだし、お前もいつも差し入れして

くれるし。それで十分だよ」

言うと、ティラナは諦めたように長い長いため息をついた。

「では……クラウ様、他に何か入り用なものはありますか？」

「そうだな。じゃあ、少し練習に付き合ってもらえるか」

食べ終えたクラウが木剣を手に言うと、ティラナは呆れたようにふたたび息を吐いた。

クラウがティラナとの付き合いが長いのは、彼女がかつてクラウが剣術を教わった師範の孫娘だからだ。貴族の令嬢の慣例として王城で行儀見習いの女官として働いているが、実のところ剣の腕はクラウに勝るとも劣らない。

それに得意分野が少々異なるので、クラウとしては稽古をして楽しい相手でもあった。

「仰せのままに。クラウ様」

ティラナも小さく笑って立ち上がり、十歩の間合いを測ってクラウと向かい合う。

女官のワンピースの向こうから迫り来る刃を、クラウはぎりぎりのところで受けた。


そして明け方、クラウが一眠りした後に兵舎の外に出ると例の上官が待ち構えていた。

「今度は何だ？」

呟《つぶや》くが、まあ理由を考えても無駄だろう。自分は難癖を付けるネタには事欠かない。

それでも無視するわけにはいかずに一礼すると、上官は大股で近づいてきた。

その顔は仏頂面で、どうも彼にとってもひどく不本意なようである。

「ユーリウス殿下がお呼びだ。殿下の朝食がお済み次第、執務室に参るようにと」

「……ユーリウス殿下が？」

クラウは目を瞬かせた。

＊＊＊

このガラティア王国には王子が三人いる。

第一王子ユーリウス、第二王子ベルナルド、そして第三王子クラウである。

クラウは〝ガラクタ〟扱いだから除外するとして、ユーリウスは貴族出身の側妃の子、ベルナルドは傍系王族の正妃の子、どちらも血筋と後ろ盾は十分だ。

いずれ国王がどちらかを後継者に指名すると思われていたが、その国王は近年めっきり病で伏せることが多くなってしまった。そうなると国王の穴を埋めるべく、即位前から王子の手腕も問われてくることになる。

二人の王子にはそこで大きく差がついた。

ユーリウスはもともと武芸者として名高かったのだが、行政官としても非凡な才を発揮した。ベルナルドが成長して政務に関われるようになるまでの数年の間にすっかり王城での地位を固めてしまったのである。

次期国王は現王が定めることとされているからユーリウスの王位が確実になったわけではないが、王とて貴族の意向を無視はできない。王国の各領地を治め、あるいは実務を取り仕切る貴族なくして政《まつりごと》は立ち行かないのだ。

　とまあ王城のそのくらいの噂はクラウも知っているが、逆に言えばこれだけである。

「まあ、呼び出されたら行くしかないんだけど」

　多忙を極めるユーリウスがわざわざ指名してきたのだから、相応の理由があるはずなのだ。

　王城の上層階など足を踏み入れたのも数年ぶりで、緋《ひ》色の絨毯《じゅうたん》が目にちかちかする。

　昔に少しだけ学んだ礼法を必死に思い出しながら、クラウはユーリウスの前に立った。

「こうして顔を合わせるのも久しぶりだね、クラウ」

　執務室の椅子に腰掛けて、ユーリウスはゆったりと微笑んだ。

　切れ長の薄青の目はクラウと同じで、これはガラティア王族によく見られる形質である。だがざんばらの黒髪のクラウに対してこちらは淡い金髪を丁寧に整え、質の良い執務服を着こなしていた。

　まったく似ていない兄弟だと昔はよく噂されたし、今も改めてそう思う。髪の色や顔立ちはもとより、血筋や権力に至るまで。武芸にしたところで、ユーリウスは王家の宝物を授かるほどの使い手だ。

「ご無沙汰しております、ユーリウス殿下」

「そんなにかしこまらずに楽にしなさい。腹違いとはいえお前は私の弟なんだから」

　異母兄とはいえ今のクラウにユーリウスを兄と呼ぶ度胸はなく、殿下と敬称で呼びかける。

「最後に会ったのは母君の墓前だったか。……とはいえあれから数年経つのか、早いものだ」

「はい」

ユーリウスは苦笑いして、すぐにクラウの緊張を解くのは諦めたようだ。さっと立ち上がってクラウに椅子のひとつを勧め、自分もその向かいに腰掛けた。

「お前をわざわざ呼んだのは、頼みたいことがあってね」

「頼みたいこと、ですか？」

変な言い回しだと思った。クラウに何か命令したいならば、砦の上官なり別の貴族を通じて伝達すればすむことである。何と言ってもユーリウスはこの王国でもっとも権力を持つ一人なのだ。

「そうだ。——まず、イルセラント領についてどのくらい知っている？」

唐突に問われてクラウは目を瞬かせた。

このガラティア王国は大陸すべてを支配する大国だ。

そしてその大陸の陸地には、王領といくつもの地方領が存在する。

イルセラントは後者であり、インヴォルク家という領地貴族が代々治めていたはずである。大陸の北西に位置する領地で、〝魔の森〟と呼ばれる、腐れ神が跋扈《ばっこ》して立ち入れない土地に接してもいたはずだ。

「よろしい。字引程度には知っているようで何よりだ」

ユーリウスは笑うが、褒められているのか貶《けな》されているのかさっぱり分からない。

「先日、そのイルセラント領で竜の骨が新たに発見されたらしいという情報が入ってね」

「竜の骨……ですか？」

強大な力を持つ竜具は腐れ神の討伐をはじめ、この世界になくてはならないものである。

そして竜具とは基本的に竜の骨を加工して作られるものだ。

ゆえに竜の骨はガラティアの民にとって非常に貴重な素材である。だが竜はすでに絶滅してしまっている上、そもそも頭数もさほど多くなかったようで、再利用法が確立する前に死んだ竜の骨もすべて発掘して使い切ってしまったというのが定説だ。

今では竜具はそれぞれ貴族の家系に伝えられるものとなっており、売買も滅多に行われない。

そこに新たに竜の骨が発見されたと言うならば、それは喜ぶべきことだ。武器はあるに越したことはないとクラウは身に染みて知っている。

「それは……」

良かったですね、と言いかけたところでクラウは続く言葉をのみ込んだ。

ただ朗報だというだけでユーリウスがクラウを呼び出すはずがない。続きがあるのだ。

「見つかったのは竜の骨か、――あるいは竜具の剣という話でね」

竜の骨をうまいこと削り出して加工すれば竜具の剣になる。しかし、

「骨ならともかく剣が見つかったというのは変な話ですね。登録はされていないんですか」

クラウは眉をひそめた。

前述のとおり竜具はきわめて貴重なものだ。

強力な竜具をいくつ所有しているかで貴族としての格も決まるので、どの家にどのような竜

具があるのか王家はおおむね把握している。数代前の国王は、国内の貴族に所有する竜具を届け出るよう命じたくらいだ。

未登録の竜具が出てくることはきわめて稀だ。可能性があるとすれば、

「失くなっていたものが見つかったとか……？」

そこでクラウはあることを思い出して顔を引きつらせた。

「イルセラントの現在の領主《ロード》はマクシム・インヴォルクという御仁だ。――インヴォルク家は代々中立だったのだけれど、当代は積極的にこの城に首を突っ込もうとしていてね」

「ははあ……」

「なぜかと言えば、インヴォルク家はマルガレーテ妃殿下の縁戚だからだね。昔から親しかったようだし、最近も手紙のやり取りを頻繁にしている」

マルガレーテとはユーリウスとクラウの義母、現国王の正妃の名である。

ユーリウスが次期国王の座を目指して着々と地位を固めるのを、第二王子ベルナルドの母である正妃が良く思うわけがない。彼女がユーリウスを陥れるべく色々と画策しているらしいという噂はクラウも聞き及んでいる。

王位継承争い、画策する正妃、〝発見〟されたらしい竜具の剣。

クラウにはひとつだけ連想されるものがあった。

「もしかして、王位継承の剣ですか？」

ガラティア王家に代々伝わる竜具はどれも貴重なものだ。たとえばユーリウスは〝九曜《ナヴァグラハ》〟と

いう王国でも特に名高い竜具のうち、〝月の石〟という銘の宝弓を授かっている。

しかしその中でももっとも重要な、王位継承の式典に用いる剣は失われて久しい。

以降は他の宝剣で儀式を執り行っているが、正統な継承の剣を見つけ出したいというのはガラティア王家の悲願であった。

「どうだろうね。本当に見つかったのか、マルガレーテ妃殿下が偽物を作らせただけか」

「まあ偽物だとしても、もう誰も本物と区別はつきませんしね……」

王位継承の剣は王城の書庫にもろくに記録が残っていないとされている。

「そんな真贋《しんがん》の判定の難しいものがあったとして、妃殿下はどうするつもりなんでしょう」

「たとえば剣に関する古文書でも手に入れた……などは考えられるかな」

クラウはげんなりしてきた。聞くからに胡散臭《うさんくさ》い話である。だが眉唾だと思いながらもこの件を無視できないユーリウスはもっとうんざりしているだろう。

「ひとつよろしいですか、殿下」

そこでクラウは小さく手をあげた。

「お話はわかりました……が、なぜ私にまでその話をお聞かせいただけるのでしょうか」

いかにも怪しい話ではあるが、王位継承にまつわる以上は機密事項のはずである。クラウはいちおう王子ではあるが、生まれてこのかた王位にもっとも遠い存在である。

「ああ。だからお前にそれを調べてきてほしいんだ、クラウ」

ユーリウスはあっさりと言い切った。

あまりに唐突な展開にクラウは目を何度も瞬かせるしかない。

「私の部下をイルセラント領に派遣して調査するにしても、警戒されて何も情報が出てこない。さきほど説明したとおり、ロード・イルセラントはベルナルド派だからね」

第三王子クラウは権力をこれっぽっちも持たず、王位継承争いにおいてユーリウス派とベルナルド派のどちらにも与していない。引き入れたところで戦力どころかお荷物にしかならない、わかりやすい〝中立派〟ではある。

気が進まないとはいえこの件を無視するわけにはいかないユーリウスとしては、妥当な人選と言えるだろう。

「私がいきなり押しかけたら、ロード・イルセラントもさぞや困るでしょうけど」

「そこが狙いどころさ」

ユーリウスは笑った。

その華やかな笑みは、王位継承をさておいても貴族の子女に人気というのがよく分かる。

「竜の骨を出せと押しかけるわけにもいかないからね、名目上は巡検使の査察ということにでもしておこう。ちょうど城から各領地に調査官を送る時期だしね」

それをロード・イルセラントが素直に信じてくれるかはまた別問題だが。

ともあれユーリウスの用件はわかった。警戒されがちなユーリウス派の面々に代わってイルセラント領に赴き、竜の骨あるいは剣の真相を調べてこいというのだ。

あくまで頼み事という態ではあるが、クラウに断れようはずもなかった。

実際、ユーリウスはクラウが引き受ける前提で話を進めている。

「了解いたしました、ユーリウス殿下」

「ありがとう、クラウ。助かるよ」

それでもこうして礼を言ってくれるだけユーリウスは話しやすい相手ではあった。

それにしても、とクラウは思う。

〝そなたが王だ〟――というあのリアの言葉はまったく現実的ではないが、遭遇からたった二日で、ただのガラクタ王子だったはずの自分が王位継承争いに巻き込まれてしまった。あれは熱に浮かされて見た夢ではなかったということか。

「そうだ、お前に渡しておくものがあるんだ」

そこでユーリウスは卓上の鈴を鳴らして廊下に控えていた側近を呼び、「あの剣を持ってきなさい」と命じた。心当たりがまったくないクラウはそれを横目に内心で首を捻る。

側近はすぐに細長い布包みを手にして戻ってきた。

「剣ですか？……ですが、これは」

クラウは包みを見るなり顔を引きつらせた。

貴種《ブルーブラッド》は竜の血をも受け継いでいるためか、竜具とそれ以外を感覚的に判別できる。ユーリウスの持ち物を壊してしまっては目も当てられない。

「そう怯えなくていい、お前のために用意したんだから」

ユーリウスが肩をすくめて、代わりに布を取り払う。

布の下から現れた剣の拵《こしら》えを見てクラウは思わず声を上げそうになった。

「それは……！」

「一昨日の襲撃で、お前は腐れ神を追いかけて炎上する倉庫に突っ込んだそうじゃないか。火が消えた後、部下に事後調査させたんだ」

ユーリウスはすらすらと説明する。砦の上官はろくに調べもしなかったと思っていたが、ユーリウス派に先に立ち入られて手出しできなかったのかもしれない。

「この剣はお前が救出された側に落ちていたという話だけど、見覚えはあるか？」

「……はい」

鞘はなく、白い刀身と黄金の柄、手元にはめ込まれた一対の紅玉《ルビー》。

刀身こそあの夜の白銀ではなく竜具によくある剥き出しの白骨だが、柄や装飾は倉庫で見たものとまったく同じだ。

〈リア・ファール〉――繭から目覚めた少女が変身した剣。

「これがどういう剣か、ご存知なのですか？」

「あの倉庫は最近はほとんど使われていなかったという話だけどね。日誌を遡《さかのぼ》って確認させたら、あそこに竜具の宝剣を保管したという記録があった。欠損が激しくて、正確な日時がはっきりしないのが難だけど」

「竜具を保管……ですか」

王城の記録に残っていたからには王家が所有する剣には違いないのだろう。

ただ、あの繭は一般的な保管の仕方とはかけ離れていた気がするが。しかしあの夜に見たものはあまりに現実離れしていてうまく説明できる自信がない。

「ですが、なぜ竜具……それも武器を、あんな倉庫の奥にしまいこんでいたんでしょう？」

あれだけ強力な大剣であるなら、それこそ歴代の王が携えて然《しか》るべきである。

クラウが問うとユーリウスはいたずらっぽく笑ってから、大剣を手に取るなり刃に指を押し当てて見せた。

流血沙汰かとクラウはぎょっとしたが、ユーリウスの指には傷ひとつ付いていない。

「え!?」

「竜具なのは間違いないし美しい剣なんだが、魔力を通してみてもまったく反応がないし、このとおりナマクラもいいところなんだ。剣としても重心が悪すぎる。これで腐れ神を斬るのは無理だね」

苦笑するユーリウスの前で、クラウは今度こそ唖然《あぜん》として言葉も出なかった。

言っていることがまったく逆だ。では、自分があの夜に見たものは何だったのか。

「壊れているとか……？　いえ、ヒビが入っている風でもありませんけど」

「そこは学者に見せなければ判断できないね。昔、儀礼用に作ったのかもしれないけど」

そこまで聞いたところでクラウはおずおずと尋ねた。

「もしかして、これが王位継承の剣だということは……」

あの少女は確か〝玉座《リア・ファール》〟と名乗った。

いかにも関連性がありそうに思えたのだが、

「私も確認したが、それは有り得ないそうだ。この剣が倉庫にしまいこまれたのは、少なくとも継承の剣が失われた後だそうだから」

「そうですか……」

結局あのリアの素性、それに繭に包まれて眠っていた理由はわからないままのようだ。

「ですが、そのような剣をどうして私に？」

「お前が倉庫で救出されたとき、この剣に触れていたと聞いたものでね。壊れているのか元からナマクラなのか、何にせよ使えないけど竜具の気配だけは残っているわけだ。ならば、それはそれで使い道がある」

そこでユーリウスは意地悪く笑った。

「ロード・イルセラントもきっとお前を〝ガラクタ王子〟だと侮っているだろう。そこにお前が竜具の剣を佩《は》いて現れたらさぞや驚くだろうからね。マルガレーテ妃殿下に与した罰だ、せいぜい脅かしてやってきてくれ」

「なるほど」

クラウも苦笑いでそれに同調したのは、正妃が嫌いなのはクラウも同じだからである。問題ありとはいえ直系王族のクラウを砦に放り込んだのはこの正妃だったからだ。

そういえば事あるごとにクラウを鞭打つあの上官も、正妃に連なる家柄だった気がする。

「だから、そう怯えず受け取りなさい」

「承知しました。……そういうことでしたら」

クラウは頷いて、卓上に広げた布の上から剣を持ち上げる。

あの夜の記憶を辿るように、金銀で彩られた剣はクラウの手にすんなりと収まった。

ユーリウスはそれを眺めて「やはり壊れた気配はないな」と呟《つぶや》いている。

疑問点は山ほどあるが考えるのは後だ。クラウは剣を卓に戻してユーリウスに向き直る。

「必要な書類や許可証は後で届けさせるよ。他に何か必要なものがあったら言いなさい」

「では……」

クラウは少し考えてから、

「護衛の兵をお貸しいただけますか。査察なのに、王族《ノーブルブラッド》が単身では格好がつかないでしょう」

「もちろん。近衛の兵を何人か預けるつもりでいたんだけど……」

「はい。警備小隊の私の部下を連れて行く許可をください」

王族《ノーブルブラッド》ならば護衛や私兵を雇い入れているものだが、クラウにいるはずもない。昔から剣術の鍛錬は積んでいるものの、勝手の分からない他領に赴くにあたって気心の知れた相手がいてくれると助かる。

「砦の警備から外すよう手配しておこう。……それと、イーグレット家の令嬢はどうする？」

「良いのですか」

「その方が彼女も喜ぶだろう？」

ユーリウスは笑った。

ティラナのことまで知っているということは、砦に放置されていてもクラウの言動は常に把握されているということか。確かにティラナはクラウの部下でも何でもないのに喜んで付いてきそうな気がするが。

「お心遣い痛み入ります」

とは言え、ありがたい話には違いない。クラウは深々と頭を下げた。

「それと――私が不在の間、エリーシュカを……妹へもご配慮をお願いいたします」

「わかった、特に気を付けておこう。あの子は私の妹でもあるのだからね」

ユーリウスは微笑む。その言葉にきっと嘘はないだろう。

それからいくつか細かな事項を確認して、数年ぶりの異母兄との対面は終わった。

＊＊＊

王城を辞すなり全速力で砦まで馬を走らせ、滅多に人の来ない中庭に駆け込む。

そしてクラウはそろりそろりと鞘から〈リア・ファール〉を抜いた。

なおこの大剣には倉庫から発見された時点で鞘がなかったため、今はユーリウスが見繕った革製の鞘に収められている。いずれはクラウが佩用《はいよう》しやすいように刀身にぴったり合う鞘を誂《あつら》えなければいけないだろう。

「あれ……？」

ふたたび姿を現した大剣は、あの夜に見たとおりの白銀の刀身だった。

さきほどユーリウスの部屋で見たときは鈍い白色だったはずだ。いったいどちらが本当なのかと、だんだん自分の記憶が信じられなくなってくる。

これはもう、全部まとめて本人に問いただすしかあるまい。

「まあ、それも答えてくれたらだけど……リア・ファール、俺が分かるか？」

一瞬、自分は何をやっているのかという気分になる。何も起こらなかったらどうしよう。

だが幸いそれは杞憂に終わったようだ。

掲げた腕から不意に鋼の重みが消える。宙に溶け出した白はやがて柔らかそうな白い肌となる。黄金の柄はけぶるように広がって豊かな髪となり、顔は人形のように愛らしく、そこに嵌《は》まった紅玉《ルビー》の瞳が強く輝く。

「本当に、君が変身してたんだな……」

あの夜の出来事は現実だったのだと、クラウは現れたリアを見つめてようやく納得する。

対してリアはと言えばいきなり怒った顔で、クラウの腕に小柄な身体を押し付けてきた。

「うわ!?　ちょっと待て女の子がいきなり男に抱きつくのはどうかと……」

「あやつ、よりにもよってこの妾《わらわ》をナマクラナマクラと言いおって！　何という無礼な！」

どうやら先刻のユーリウスとの会談をリアも聞いていたようである。

そこでクラウははっとして、強引にリアを引き剥がして全身をまじまじと見つめた。

「女をじろじろと見るものではないぞ」

「壊れては……いない、よな」

クラウが呻《うめ》くのにリアはふんと鼻で笑って、

「当然だ。あれしきの魔力で妾《わらわ》を娶《めと》ろうとは片腹痛い」

「いや、ユーリウス殿下じゃなくて俺が壊してないかって話だったんだけど……」

何にせよリアはこのとおりぴんぴんしており、クラウが触っても〝ガラクタ〟と化すことはなかったようだ。

「あれしきの魔力って、まさかユーリウス殿下の魔力が足りない……とか？」

「そこらの有象無象に比べればマシな方だが、我が王に比べればまるで足らんな。あれでは刃を研ぐこともろくにできぬわ。妾を棍棒のように振り回すなど万死に値するぞ!?」

「棍棒って、おいおい……」

さきほどのまるで斬れない状態では、確かにぶん殴るしか使い道はないだろうが。

しかしユーリウスの魔力は王族《ノーブルブラッド》でも上位のはずだし、彼が竜具の扱いをしくじるとも思えない。だがリアはユーリウスでは足らないと言う。言い換えれば、クラウならば白銀の刃を生み出すに足りるということか。

「…………」

だが、その考えは今まで自分が受けた評価とは正反対で、クラウは思わず黙り込む。

「それと、妾《わらわ》はそなたにも言いたいことがあるのだ。我が王よ」

ふたたびリアがずい、と身を乗り出してきた。

妙な呼称をクラウが聞き返すより先にリアに抱っこをせがむように肩に掴《つか》まられてしまう。

「石くれの中に妾《わらわ》を置いていくとは何事か！　重いし暗いし、やっと出たと思ったら……」

「いや……それは、君が倉庫を吹っ飛ばしかけたからじゃないか」

このガラティアに竜具はいくつもあるが、ああもやすやすと建物を吹き飛ばす威力を持つものは滅多になく、それこそ名高い〝九曜《ナヴァグラハ》〟に列せられた武器くらいだ。それをナマクラ呼ばわりされたら腹も立とうというものではある。

とはいえ威力を自覚しているならもう少し考えて使ってほしかったと思うクラウである。

「むう……」

反論されてリアはぷうっと頬を膨らませている。

その仕草はまるきり人間の少女と同じに見えた。愛らしく表情豊かかな、クラウも街で見かけたのであればきっと好意を抱いただろう。目のやり場に困る服はともかくとして。

ただまあ、気になるところがないわけではない。

「あのさ、我が王〟って言うのはできれば止めてほしいんだけど……恥ずかしいし、聞かれたら問題になりそうだし」

「なぜだ。王を王と呼ぶことの何が恥なものか」

「俺は王でも何でもないからかな……」

リアに自分の〝ガラクタ〟な身の上を一から説明することは気が重いが、早めに言っておいた方がいいかもしれない。既にユーリウスから〈リア・ファール〉の持ち出し許可は出ているので、イルセラント領でも彼女を佩《は》いて行動することになる。

「だいたい、なんで俺が王なんだ？」

あの倉庫でも確か彼女は自分にそう呼びかけていたが。

「妾《わらわ》が〝予言〟したからだ。――そなたが王だ、クラウ・タラニス」

あの幻の戴冠式の光景だろうか。同じものを彼女も見ていたのだろうか、しかし、

「むう。信じておらぬな」

「当たり前だ！　だいたい予言なんて、神話で竜がやったっていう話しか……」

「なんだ、知っておるではないか。それでなぜ妾《わらわ》の言葉にだけ耳を貸さぬのか」

けろりとリアが言うのにクラウは絶句した。

それもまた神話の一節だ。

創造主にして絶対神を人間が殺し得たのは、竜から予言――神にもなし得ぬ未来視の能力を借りたからだとされている。人間は先回りして神の隙をつき、竜から借りた剣で神を刺し貫いたのだった。

「竜だって……？」

少女が剣に変身するだけでも信じられないのに、ますます謎が増えた気分だ。

「王よ。まだ信じておらぬな」

「信じていないというか……うん、まあ」

竜は既に滅びたというのが定説であり、だからこそさきほどユーリウスと竜の骨が見つかっただの陰謀がどうだのと話をしていたのだ。そこにうっかり本物の竜が現れたなどと、ユーリ

ウスが聞いたら泣くのではないだろうか。

「けど……」

クラウの貴種《ブルーブラッド》としての知覚は、このリア・ファールが竜具だと感じている。

竜具とはそもそも竜の骨を加工して作られるものだから根本的には同じだ。ゆえにリアの竜だという名乗りは驚きはしたが腑に落ちる。そして竜の予言は神話にも語られており、これを否定する材料をクラウは持たなかった。

だからクラウがリアの言葉をいまいち信じきれないのは、

「俺が王だと言われてもなあ……」

ここに尽きる。

さんざんガラクタだの何だのと言われてきたのだ。そこにいきなり、出会ったばかりの少女に「お前は王になる」と言われても、疑ってしまうのは仕方ないと思うのだ。

「王よ。そなたは妾《わらわ》が妃では不満か？」

「き、妃って今度は何だ!?」

リアはずいっと身を乗り出してくる。

「よく分からないけど胸、胸が当たってるからとりあえず離れ……」

「ふふん、当てているに決まっているであろう」

薄布越しに豊かな胸が腕にぐいぐいと押し付けられて、クラウは思わず言葉に詰まった。

幻の中では確かにこのリアがクラウの傍らに佇んでいた。あれは正妃の席だから、予言がもしも本当に成就するとすれば自分の将来の妻はこのリアということになる。

正直、妻や恋人がどうと言われてもまったく実感が湧かない。

なにしろ妹を守って腐れ神と戦うので精一杯の日々だったのだ。世の中には恋物語というものがあるらしいと知ってはいたが、王位と同様に自分には無縁だと思っていた。わざわざ〝ガラクタ王子〟に嫁ぎたい女の子などいるわけもないし。

「妃、っていうのは分からないけど」

リアがごくりと息をのんだのが、抱きついた身体の小さな動きで分かる。

上目遣いに自分を見上げる表情と胸元の谷間に、クラウは心臓が跳ね上がった気がした。

「君のことは……たぶん、嫌いじゃないと思う」

我ながらひどい言い草だと思ったが、リアは花がほころんだように笑う。

「うむ。そうかそうか」

「……良いのか？」

「予言だからな。成就までの間に妾《わらわ》にめろめろにさせるまでのことよ」

腰に手を当てて堂々と豊かな胸を張り、リアは勝利を確信した笑みを浮かべたのだった。

その笑顔にしばしクラウは見惚れていたが、やがてはっとして話題を変える。

「そうだ、……君はなんであの倉庫にしまわれてたんだ？」

「うむ。分からん」

即答であった。

リアはまたもや胸を張ってふんぞり返り、その前でクラウは頭を抱える。

「じゃ、じゃあ、倉庫に入る前にどこで何をしていたとか……」

「それも分からん」

ふたたび即答したところで、リアはいきなり何度も目を瞬かせた。

「そう言われれば、妾《わらわ》はなぜあんなカビ臭いところにいたのだろうな？」

「いや、今まさにそれを聞いてたんだけど……」

リアが目覚めたのは一昨日のはずだが、今の今までさっぱり考えていなかったらしい。それはそれでどうだろうと思うクラウであるが、

「もしかして、覚えてない……とか？」

おそるおそる尋ねてみると、リアは「おお！」とぽんと手を叩いた。

「そうだ、それだ。まったく思い出せん！　さすが我が王、妾《わらわ》のことは何でもお見通しだな！」

「いや、ここで褒められても……」

リアはなぜか胸を張って大笑いし、その前でクラウは頭が痛いとばかりに額を押さえる。

さらにいくつか質問してみたが、リアの答えはいずれも「分からない」だった。

「……そうなるか」

繭に包まれて倉庫で眠っていた経緯、本当に王位継承の剣ではないのか、気になることは山ほどあるのだが、それよりもまず。

竜にはいくつか種族があり、神話には火竜《サラマンデル》や水竜《メリジューヌ》、権竜《ロード》など華々しく何種類も登場する。だ

が剣に変身する竜が登場する話をクラウは聞いたことがない。

「君がどんな竜だかわかれば、それだけでも助かるんだがな……」

イルセラント領ではまた〈リア・ファール〉の力を借りることがあるかもしれない。武器の特性を把握しているのとしていないのでは戦い方もまったく変わってくる。だが、

「妾《わらわ》は〝玉座《リア・ファール》〟にして妃、そなたが王だ。他に何が要る？」

リアはけろっと言ってのける。

ろくに記憶もなく、そもそもクラウ一人にしか使えない武器というのはある意味では欠陥品だ。特定の人間に依存する武器は、こと戦場では著しく運用が制限されてしまう。リア自身がこのことに気づいているかはともかくとして。

しかしリアはまったく不安など感じている様子はない。

その晴れやかな顔が、悩みの多いクラウには無性に眩しく見えた。

「そうだな。……それでいいか」

苦笑気味に笑った瞬間、ふっと肩から力が抜けた気がした。

「君がいれば、俺は少しは〝ガラクタ〟から脱却できるみたいだし……」

「うむうむ。妾《わらわ》だって、我が王にしか使わせる気はないからな！」

力いっぱいリアは宣言してくれた。

自分が王になるとかいう〝予言〟はさっぱりだが、しかしガラクタ同然だった自分が数年ぶりにユーリウスに呼ばれて他領に向かうことになった。リアの言葉にすべてが引き寄せられて

いくような、そんな不思議な感覚はあるのだ。

「うむ。無礼な男だったが王との旅を準備したことだけは褒めてやろう。ふふ、婚前旅行だ」

イルセラント領に向かうのは陰謀絡みの調査のためだし、警備小隊の部下も一緒、そもそも結婚する予定はないのだが、そこに突っ込んでいると話が永遠に終わらない気がしたのでクラウは黙っておくことにした。

ふっと遠い目をして空を眺める。

「……大丈夫かなあ」

第二章　広い世界へ

ガラティア王国北西部、イルセラント領。

腐れ神が跋扈《ばっこ》する〝魔の森〟に隣接した貴族領である。

クラウ一行はいくつかの領地を経由してこの大陸の端までやってきた。

ところで、この国においては必ずしも大陸の土地すべてが王領、あるいは貴族領に分割されているというわけではない。

人間が住める土地というのは、竜具で土地を浄化して腐れ神が発生しないよう処置した場所だけである。現状では到底大陸全土を浄化するには至らないため、国王と領地貴族がそれぞれ竜具で浄化した地域だけを〝領〟と定義している。

すなわち領主《ロード》とは土地の統治者にして浄化する責務を負った者となる。

ただし竜具は腐れ神の発生を抑えるだけで魔の森のような領外からの侵入を防ぐことはできないため、領内のどこかで迎撃、討伐する必要がある。

そのような情勢であるため領地を超える旅は文字どおり苦難の道のりだ。兵を大勢連れて汚染された地域を突破するか、〝橋〟の竜具で領地を跨《また》いで移動するかだが、前者には大軍が、後者は王室か領主《ロード》の許可証が要る。

幸いにして今回はユーリウスが事前に手配してくれていたため、ひたすら腐れ神を殲滅しながら旅をする必要はなかった。

「お、イルセラントが見えてきたな」

馬を並足で歩かせながら、クラウは目に手をかざして遠方を見遣《みや》った。

青空のもと、なだらかな丘陵と街道の向こうにかすかに灰色の城壁が見える。

首都には大抵領地と同じ名が付くから、あの街はイルセラント領の公都イルセラント市ということになる。ややこしいと言えばややこしいが、ほとんどの人間は自領から外に出ることもなく一生を終えるのでそこまで混乱は生じない。

「ほほう、次なる街か」

クラウの胴に腕を回し、背に豊かな胸を押し付けながら、リアも城壁を見ようとぴょんぴょんと馬上で身体を跳ねさせた。

「あまり暴れないでくれ、ただでさえ二人乗せて負担かけてるんだから」

「……む」

今、クラウとリアは馬に二人乗りしている状態だ。リアが馬に乗れないこと、さりとて少女の脚で長旅をさせるのは難しいこと、ついでに「我が王と妾《わらわ》を引き離すとは何事だ」とごねられてクラウが折れた結果だった。

言われてリアはおとなしく顔だけ出して目を細める。

「なるほど、石を積んだ壁と……周りに畑や集落が多いな」

「公都だからな、砦の周りに村も増えるさ」

領地に踏み込まれる前に腐れ神を殲滅できれば理想的なのだが、現実はそうはいかない。各領地にある竜具、ひいては竜騎兵――竜具持ちの貴種《ブルーブラッド》の騎士の数は限られている。

そのため、市街地をぐるりと城壁で囲んで砦を配置するという方法が採られている。

ただ人口が増えてくるとどうしても街からあぶれる人々が出てきてしまう。彼らはできるだけ城壁や砦の近くに村を作り、城壁で身を守れないまでもいざというときには助けを求められるようにしているのだった。

「ふむ、なるほど」

リアは素直にクラウの説明に頷いている。

だが、これはガラティアの民にとっては常識に近いことだ。

「……記憶がないっていうのは、やっぱり不安か？」

「いや、新たに学ぶのは楽しい。それに我が王がいるのだ、不安に思うことなどないぞ」

「そ、そうか……」

けろりと言ってのけるリアにクラウが逆に赤面させられる羽目になった。

旅をしながらリアにあれこれ話を聞いてみたが、やはり彼女はろくに記憶がないようだった。受け答えはしっかりしているしこうして言葉も操れるが、己の素性や人間社会についてはほとんど覚えていないらしい。

もっとも後者に関しては、ユーリウスの話では長いこと倉庫にしまわれていたようなので、その間の社会の変化は知らなくとも仕方ないのだが。

「いやはや、やっとですな」

そこでヤーヒムが馬を寄せて話しかけてきた。

馬は便利だが高価で維持の手間もかかるので、平民にはなかなか手が出るものではない。クラウが連れてきた面々でも騎乗しているのはクラウとリア、ヤーヒム、そしてティラナの貴種《ブルーブラッド》三名だけである。

その他の部下は徒歩で頑張ってもらうしかないが、旅の荷物を分担して馬に括《くく》り付けているので、まったく馬が使えないより多少は楽になっているはずだ。

「ああ、やっと着いた、長かった……」

「それにしても、他の領地を見られるとはねえ。殿下の隊で良かったと初めて思いました」

「本当ですよ！」

近くを歩いていた若い部下たちが口々に声をあげた。

このやり取りは小隊ではお馴染みのもので、いつもならクラウが「悪かったな」とでも返すところだ。しかし今日はリアも話を聞いているのだった。

「うむうむ。我が王は配下に慕われているのだな、妾《わらわ》も誇らしい」

「……ごめんリア、それはちょっと違うんだ」

クラウは複雑そうな顔で笑い、部下たちはいっせいに目を逸らして口笛を吹いた。

〝ガラクタ王子〟の部下が出世できる見込みはほとんどなく、クラウほどではないにせよ部下たちの砦での立場は悪い。もっとも彼らも訳ありで左遷されてきたか特大の貧乏クジを引いたかのどちらかなので、どっちもどっちという感はある。

「わはは、殿下の隊に来てからは毎日はらはらさせていただいていますからなあ」

なお、腹を抱えて笑っているヤーヒムは左遷組だ。

「それはさておき、殿下、長旅でお疲れでしょうがこれからが本番ですぜ。ここの領主《ロード》に喧嘩売るんでしょ？」

「……ああ」

クラウは頷く。

馬の鞍《くら》が揺れて、背中にしがみついているリアからちりんと小さな金属の音がした。

彼女には小さなネックレスを預けてある。砂粒ほどの竜の骨が嵌《は》め込まれたものだ。

これも竜具で、一体の竜の骨を細かく割ったうちのひとつだそうだ。自身の欠片、つまり分割された他の竜具と触れ合わせると感応して点滅するという性質を持つので、勘合式の鍵として使用されている。

もっとも現在これの使用は王家や領地貴族に限定されているので、貴種《ブルーブラッド》あるいはその名代という身分証明としての意味合いが強い。

本来はクラウが持つべきだが、触って壊すわけにはいかないのでリアに預けてあるのだ。

そのリアはと言えば男たちの実務的な会話はあまり面白くなかったらしく、今はクラウの背に胸を押し付けながらおもきょろきょろと丘陵を見渡している。

その様子を見てか、ティラナも近づいてリアに声をかけてきた。

「イルセラント市の城壁を通過したら、そのまま公城に向かいます。それまでにあなたは服を替えてくださいね」

「なんだと!?」

とたんリアは声を張り上げ、暴れる彼女のあおりを食らったクラウは馬上で慌てた。

クラウをはじめ警備小隊はいつもの野戦服から革鎧だけ外した格好、ティラナは貴族の子女らしい落ち着いたドレスである。そしてリアはいまだ薄物しか着ていない。

本人によれば別に寒くはないらしいが、そんな格好の娘と同乗する羽目になったクラウは、出発当初はなかなか大変だった。主に精神的に。

「そのような破廉恥な格好で人前に出ては、クラウ様に恥をかかせることになるからです！」

「妾《わらわ》のどこが恥だと言うのだ！」

「ですからその薄物だと言っているでしょう！」

「我が王はそんなことは言っていなかったぞ!?」

「…………」

恥ではないがもう一枚くらい羽織ってくれると嬉しいなと思っていたクラウだが、言うのが怖すぎたので、黙ってそっと言い合いから目を逸らした。

「だいたい、我が王の名を勝手に使いまくりおって、そなたは我が王の何なのだ！」

「な、何なのかと言われましても」

途端にティラナは顔を真っ赤にして慌てた。

「わ、私はクラウ様とエリーシュカ様のお側に……ええ、ずっと昔からお仕えしています！」

「……むむ」

徒歩の部下たちが「また始まった」とばかりにそそくさと離れていく。ヤーヒムも馬首を翻して逃げようとしたが、クラウが引きつった顔でぶんぶん首を振って引き止めた。

王都を出発するとき、クラウはリアを一同に引き合わせて倉庫での遭遇も簡単に説明した。ヤーヒムを筆頭に小隊の部下は「何を寝言言ってるんですか」という反応だったが、リアが実際に大剣の姿を取ってみせたことから信じざるを得なくなったようだ。それでも「竜の生き残りである」というあたりには懐疑的なようだった。

対してティラナは〝ガラクタ〟と蔑まれたクラウが竜具を手にできたことを心の底から喜んでいたのだが、それは出発当日だけだった。

翌日からはだいたいこれである。

「重苦しい鞘は好かぬ。そなたのような棒切れに見えてしまうではないか」

瞬間、その場の空気が凍りついた。

リアは小柄ながらめりはりのついた体型で、薄布がそれを強調している。対してティラナは、穏便な表現をするならばほっそりして背が高く、小隊の面々が過去に酔っ払って形容したところでは「石壁」「大理石の廊下」「いや洗濯板で十分だろ」である。

むろん男どもがティラナ本人の前でそれを言うことはなかったのだが、リアはそんな気遣いは御構いなしであった。

「……ッ!?」

ティラナは顔を真っ赤にしたが、さりとてこの挑発に乗ってはますます不利になるだけだと悟ったらしく、

「あなたが好きか嫌いかと言う問題ではありません！　ならば剣のままでいてください！」

「あの不恰好な鞘はもっと嫌だ！」

服を〝鞘〟と呼ぶのは大剣に変身できる彼女らしい物言いではあった。なお不恰好な鞘とはユーリウスが手配した革の鞘のことだが、リアはこれがよほど気に食わなかったらしい。

「だいたい、剣のままでは我が王とろくに話せんではないか。つまらん」

「あなたの口を野放しにしておくほうが、クラウ様の品位を問われてしまいます！」

剣のままでも騒がしかった気がするが、巻き添えを食いたくないのでやっぱり黙っておく。

遠い目をしてぽくぽく馬を歩かせるクラウに、隣でヤーヒムが肩を震わせて笑っていた。

「いや、美女二人に争われるとはさすが国王陛下のお子でいらっしゃいますな、羨《うらや》ましい」

「まったくそう思ってないだろ？」

「ええまあ」

幸いにして、男二人の会話は口喧嘩に夢中の少女たちには聞かれていないようだ。

「けど、このままっていうのもその、大変なんだけど……」

年長者のヤーヒムは唯一の妻帯者でもある。経験者の知恵があれば良かったのだが、

「恐れ多くも王子殿下に申し上げますがね。ありゃあ無理です」

「………そうか」

「ま、色男の宿命と思って諦めてくだせえや」

縋《すが》るような目のクラウを無情に切って捨てて、ヤーヒムはげらげらと笑ったのだった。

と、そこで不意にリアがクラウの背を何度か軽く叩いた。話を聞かれたかと焦るクラウに、

「我が王よ。あのあたり、何やら騒がしいことになっておるぞ」

白い指先でひょいと城壁の左方あたりを示してくる。言われてクラウも目を凝らしたが距離があるせいで見通せなかった。

「お嬢様、痴話喧嘩はそのくらいにしてちょっと見てきてくれねえか。あんたの馬が一番速い」

「誰が痴話喧嘩など……言われなくとも！」

ティラナが馬の腹を蹴って飛び出していく。のんびりと散歩気分で街道を歩いていた小隊の面々もいっせいに顔が強張《こわば》る。

ティラナはほどなく駆け戻ってきて、一同に声を張り上げて叫んだ。

「城壁近くの村が、腐れ神に襲われているようです！」

その報告は、城壁の砦の警備兵にはあまりに聞き慣れたものだった。

「こっちでも出やがったか……」

「っていうかガラティアより多くて当然だろう、ここらへんは魔の森に近いんだから」

部下たちが険しい顔を見合わせる。周囲にいくつも砦が配されているガラティア市ですら、あれだけ頻繁に腐れ神の討伐に駆り出されていたのである。イルセラント市周辺ではもはや腐

れ神の襲来、討伐などはごくありふれた出来事だろう。

「イルセラント《こっち》にはこっちの兵がいると思いますがね」

「お、石の壁から人間が……そなたらと似た連中が出てきたようだな」

イルセラント市の城壁にも当然ながら砦が設けてあり、警備兵がいるはずである。基本的にはイルセラント領の出来事は彼らの領分であり、他領の人間が勝手に手出しをするべきではない。〝ガラクタ〟の越権行為は後で問題視される可能性も高い。

「して、どうする？　我が王よ」

「領地の話は後回しだ。急行して加勢する！」

戦力は多いに越したことはないと、クラウは身に沁みて知っている。

クラウが宣言するとリアは満足げに頷いた。

「俺とヤーヒム、ティラナは先行。出た後、そっちの指揮はセヴァンに任せる。到着次第……遅れて連携は難しいな、村の住民の避難と護衛を優先のこと！」

馬の手綱を握り直しながら早口で指示を出す。

「承知いたしました。クラウ様」

「了解です、殿下」

「俺たちの出る幕じゃあねえと思うんですがね……」

部下がいっせいに頷く。ヤーヒムはぶちぶち言っているが表情はむしろ楽しげだ。

馬に拍車をかけて三騎は一気に駆け出す。斥候兼前衛がティラナ、その後ろに二騎が続く。

視界の中でみるみる城壁が大きくなっていく。

市街地を囲う数メルトルの城壁という構造はガラティア市と変わらない。城壁の一部を拡張する形で作られた砦は小さく見えたが、それは王都と一貴族領の差というものだろう。

壁外には作物が育ちかけた畑、木柵で囲われた中に木造の家や畜舎が点在している。

木柵は数カ所が破れており、内外を警備兵が走り回っている。ほとんどの村人はすでに避難したようだがまだ数名残っていたようで、兵が「退け、砦に入れ」と怒鳴っていた。

その横では別の隊が剣や弓を抜いて応戦している。その流れは同業のクラウたちには手に取るようにわかった。

そして、畑を踏み荒らす異形の化け物。

後方には腐れ神が移動した跡がぐずぐずと緑青色に変色していた。奴らに踏み荒らされた土地は汚染されてしまい、そのままでは作物が育たない不毛の場所となってしまう。だからこそ領主《ロード》は浄化能力のある竜具を預かっているわけだ。

「大きさは……せいぜい中型だな、それに動きも速くはない」

「ですが、数が多いですな」

「イルセラント兵が、こんなに増えるまで放っておいたっていうのも変な話だな……」

危険と隣接するこの領地の警備兵は、ガラティア市のクラウたちよりよほど実戦経験豊富のはずだ。腐れ神を放っておくことの危険さを彼らはよく知っているはずだった。

その理由はもう少し近づいてみて、腐れ神が食ったものを見て把握できた。

「何じゃ、あの愛らしさの欠片もない鼠の群れは」

「モグラだ」

クラウは舌打ちするように呻《うめ》いた。

おそらく領内に侵入してしばらくは地下を掘り進んでいたのだ。だから発見が遅れた。

可愛らしい動物という印象のあるモグラであるが、地中を掘り進むために発達した前脚には鋭い爪が何本も生えている。それが大型犬、酷いものは馬ほどの巨体と化して突っ込んでくるのだから、もし当たれば人間などひとたまりもない。

さらに厄介なことに、腐れ神はモグラの形質と特技を同時に獲得している。

向こうの城壁の足元に奴らが掘ったらしい穴が見える。城壁の基礎は地中深くまで埋め込まれているから、すぐさま突破されることはないはずだが、最優先で排除しなければ危ない。

「…………」

クラウはちらりと城壁の上の塔を見遣《みや》った。

腐れ神の数に対して明らかに人手が足りていないが、砦から増援が来る様子はない。

「ここもか……くそ、苦労するのは下っ端《こっち》だっていうのに！」

腹立たしげに呟《つぶや》いてから、クラウはすうっと息を吸った。

「行くぞ！」

「うきゃぁ!?　きゅ、急に止まるなっ」

中型、小型の腐れ神が相手では馬はさほど役に立たない。クラウたちは数百メルトルまで近づいたところで馬から飛び降り、ついでにリアを降ろしてやった。

イルセラント兵にも急行してきたクラウたちに気付いた者はいるようだが、目の前の化け物に手一杯でこちらを咎《とが》める余裕はないようだ。

「さて、ちゃんと俺に食いついてくれよ……！」

戦術はガラティア市のときと変わらない。

鞍《くら》に引っ掛けておいた弓と矢筒を取り外し、城壁近くのモグラに矢継ぎ早に数発射かける。

小型のモグラなので二本は外れ、一体には命中したもののすぐに形状回復されてしまった。

「……っ」

だが、連中がいっせいにこちらをぎろりと見た気配がある。

それは慣れっこの感覚ではあったけれども、いつまで経っても平気にはなれない。

ヤーヒムは短剣を抜いてじりじりと距離を測っている。竜具を持つ彼はトドメを刺す役なので、下手に飛び出して身動きが取れなくなったら目も当てられないからだ。

いつもはクラウが先陣を切って腐れ神を誘導するのだが、

「リア」

「うむ、任せよ！」

満面の笑顔だった。

その姿が宙に溶けて、クラウの手に白銀の大剣となって収まる。移動中にも何度か実演して見せたのだが、ティラナとヤーヒムはまたもや信じられないという顔をしていた。

どだ。

ティラナが鋼の細剣《レイピア》を抜いてクラウの前に出、跳ねるように飛びかかってくるモグラの一体を切り裂いた。踝《くるぶし》まであるドレスの裾を捌《さば》きながら立ち回る姿は、戦場でも見惚れてしまうほどだ。

「私が補佐します！」

傷は浅くすぐに形状回復されてしまうが、飛びかかってくる軌道をずらすことはできる。

考えるより先に、クラウは大剣を振り上げて入れ違いに踏み込む。

〈リア・ファール〉は丸々とした個体を一刀両断し、なかば地面にまで食い込んで止まった。

「……うへえ」

「すごい……」

『こ、こら、玉体をもう少し丁重に扱わぬか！』

その斬れ味にヤーヒムは顔を引きつらせ、ティラナなどはもう目を潤ませている。当のリアだけが柄の紅玉《ルビー》を点滅させて不満げに喚《わめ》き立てていた。

「……きついな」

そしてクラウも思わず呻《うめ》いた。

前回は混乱でそれどころではなかったが、身体から一気に力を持っていかれたのが自覚できる。今まで竜具を壊すばかりだったので魔力の制御に慣れていないのだ。リアはユーリウスをさんざん腐《くさ》していたが、これはむしろ彼女が大の〝魔力喰い〟なのではなかろうか。

『……何やら失礼なことを考えてはおらぬか、我が王よ』

「クラウ様！」

ティラナが叫んだ。リアに答えるより先に向かってくる二体目に向けて剣を構え直す。

モグラ型の腐れ神は豚ほども大きいくせに動きが俊敏で、通常であれば捉えるのに苦労しただろう。だが今はクラウに向かって突っ込んでくるのを待ち構えればいい。

小回りの利かない大剣のはずが、あっさり二体目を屠《ほふ》れてしまった。

「ふう……」

『ふふん、見たか妾《わらわ》の力を！』

それにしても、敵を迎撃できるというのは何と気が楽なことか。

よくよく考えれば囮役から撃破まで全部一人でやる羽目になっているわけで、むしろ仕事は増えているのだが、これまでの危険と苦労を思うとそんなことを考えてしまう。

「まあ犠牲は出ないに越したことはないし、これですむなら……っと！」

小型の個体が後ろに回り込んでいるのを見逃した。クラウは慌てて振り返りながら剣を振るうが、足元まで潜り込まれては〈リア・ファール〉の長い刀身では対応できない。

「……ちっ！」

そこで飛来した短剣が突き刺さった。

灼熱色《しゃくねつ》に輝く刀身はトドメを刺すには至らなかったが、モグラをかすめて胴から足にかけて切れ込みを入れた。そこにクラウが白銀の切っ先を真上から落として今度こそ土塊《つちくれ》へと還す。

「悪い、助かった」

「いえいえ。さすがの殿下も攻撃手はまだまだですな」

「……俺は囮ばっかりだったからな」

「はは、囮役なら一流なんですがねえ！」

ヤーヒムの軽口に苦笑するしかない。

前言撤回だ。自分独《ひと》りでどうにかなるわけがないのだと、クラウは肝に銘じた。

その後もクラウはモグラを数体斬り伏せ、捌《さば》き切れない個体はティラナが足止めしてヤーヒムがトドメを刺した。いつもクラウとやっていた連携をティラナが代行した形だ。

「よっ……と！　やるじゃねえか、お嬢様」

「当然です。クラウ様の御前で無様な戦いはできません」

「……だ、そうですぜ、殿下」

モグラどもは畑から城壁の足元にかけて散らばっていたが、そのいずれもが王族《クラウ》の存在、あるいは仲間の危機を察してかこちらに寄ってくる。そうなれば戦闘に追われていたイルセラントの兵たちもクラウたちを無視していられなくなったようだ。

「そなたら、どこの市の者だ!?　この場は危険であるゆえ、早急に離れていただきたい！」

指揮官らしき男がこちらに怒鳴ってきた。

全身と頭部まで覆う金属鎧を着けている上、手にした剣には竜具の気配があるから、領内の貴種《ブループラッド》だろう。攻撃手を務める竜騎兵はこんな重装備のことが多い。

「ガラティア市のドーリス砦から派遣されてきた！　助太刀する！」

クラウはごく短く返答した。

ここで王子だ査察だと言い出したら話がややこしくなるに決まっているし、クラウたちはガラティア市の紋入りの野戦服をそのまま着ているから同業には通じるはずだ。

「ガラティアだって!?……わかった、ご助力感謝する！」

案の定、指揮官は頷いてすぐに自分の部下の元に走っていく。

「話が通じて何よりです。物分かりの良い男ですね」

「現場ってのはそんなもんだよ」

不安げに会話に耳をそばだてていたティラナに、ヤーヒムが肩をすくめて返していた。

指揮官が兵にクラウを囲んで隊列を組むよう指示を出している。どうやらクラウが囮として役立つとすぐに気づいたようだ。優秀な指揮官で結構だが、いつもと結局やることが変わらないのはどうだろう。

『我が王よ、あれは何という生き物なのだ？』

「ウサギだな。モグラばっかりだと思ったけど、他にもいたのか」

弓兵が隊列を組んで矢を射かける。足止めするだけかと思ったが、

「ほお！」

矢の大半が腐れ神に命中した。

大きく跳ねてクラウに飛びかかったウサギも、何本も矢を受けてたちまち墜落してしまう。

いかに形状回復できる腐れ神といえど、身体を貫通した何本もの矢を排除して再構築するのは

時間がかかるらしく、目の前にはもはやウサギともつかない泥の塊がいくつも出現した。

あとは指揮官の号令で竜騎兵たちが飛び出してトドメを刺せば事足りる。

都合上クラウは身動きが取れないが、ヤーヒムは短剣を構えてそちらの組に加わる。数度、その手順を繰り返したところで、畑から城壁にかけて腐れ神はすべて姿を消した。

「……速いな」

「さすが、ここの連中は精鋭ですな。まあ殿下という超一流の囮がいたからでしょうけど」

助太刀すると言いながら、以降あまり出番がなかった気がするクラウである。

指揮官はなおも討ち漏らした個体がいないか確認させている。手練《てだ》れの兵もだが指揮官の手際は重要なのだと、クラウはしみじみ痛感した。

畑の向こうに目をやると、徒歩の部下たちがちょうど追いついて来たところだった。彼らには走り損かもしれないが、本来、危険な戦闘など遭遇しないに越したことはあるまい。ヤーヒムが彼らに状況を説明するべく小走りに向かった。

クラウもほっと息をついてから〈リア・ファール〉を鞘に収めようとして、

「その鞘にまた姿《わらわ》を押し込もうとするのはあんまりではないか、我が王よ！」

「わ、悪い。癖で……」

大剣から少女の姿に戻ったリアに慌てて謝る。

「それにしても、君はよく斬れるな。……ありがとう、助かった」

「うむ。我が未来の王のためだからな！」

だが褒められてすぐに満足したらしく、太陽のように晴れやかな笑みを浮かべたのだった。

そこに指示を終えたらしい指揮官が大股で近寄って来た。

すでに兜を脱いで小脇に抱えているのでその顔を見ることができる。茶色い髪を短く刈り込んだいかにも実直そうな男だった。

その優秀な指揮官はと言えばリアを見て思わず目を剥いていた。彼女がいきなり現れたからか、露出度の高すぎる服を着ているからか……まあ後者だろう。

「ご助力、心より感謝いたします。改めて礼を言わせてください」

指揮官はクラウに深々と頭を下げてきた。

慇懃《いんぎん》な態度はクラウが腐れ神を斬り払うのを見ていたせいだろう。この国で竜具を持つ者はほぼ確実に貴種《ブルーブラッド》、王侯貴族である。もっともこの指揮官も砦で兵を率いるからにはそれなりの家柄ではあるはずだ。

「いいえ、戦力も武器も多いに越したことはありませんから」

クラウは狼狽《うろた》えてぶんぶんと首を振った。

何というのか、こうして礼を言われた経験があまりないのでどう返せば無礼と取られないのか分からない。リアは当然と言わんばかりに自慢げだし、横に控えているティラナも取り澄ましてはいるが目尻が少し下がっている。

「それにしても、ガラティア市から……ですか」

「ええ。実は俺たちも領の外に出るのは初めてで、こちらの流儀は知らずじまいで」

「この時期の移動など、そうあるものではありませんからな」

定期的に領地と王都を移動する貴族や商人はいるが、その移動時期は大抵決まりきっている。ガラティア市では各領地からの火急の使者や飛び込みの商人を見かけるが、それは王都だからであって、辺境の一公都ではそんなものだろう。

「ガラティア市からということは、市内にご用事でしょう。よろしければご案内しましょう」

「助かります」

勝手の分からない市を案内してもらえるだけでも助勢した甲斐があったというものだ。

「ロード・イルセラントの城に向かうよう命を受けておりまして……」

「ああ、公城ならば道案内を付けましょう。馬車道が入り組んでおりますからな。フェイトン砦のシモンに聞いたと言えば門でもさほど絡まれずに通れると思います」

その気配りにクラウは再度頭を下げた。

「ときに……」

指揮官が何を尋ねようとしたのかは分かる。あえて今まで名乗らなかったのだが、

「ロード・イルセラントにお伝えください。王都から第三王子クラウ・タラニスが来た、と」

その一言に指揮官は目を剥いてひっくり返りかけたのだった。

クラウが貴種《ブルーブラッド》だとは予測していても、まさか直系王族とは思わなかっただろう。

「も、申し訳ありま……」

「このナリですからね。名乗らなかったのはこちらですから、お気になさらず」

本音を言えば、自分の身分や蔑称を知らない相手との会話は楽しかった。

もう少しこのまま話していたかったがそういうわけにもいかないだろう。地面に跪《ひざまず》こうとする指揮官をクラウは慌てて押し留める。さすがに「あなたがたの主君が怪しいので調査に来ました」とまでは言えない。

クラウは小さくため息をつく。

できることなら、彼が王都の〝ガラクタ王子〟の噂を知らないことを祈りたい。

＊＊＊

そしてクラウ一行は城壁を通過してイルセラント市に入り、そのまま公城にやって来た。

城の客間に通されて一息ついたところで、ティラナが借り物の貴族の礼装に着替えさせてくれる。彼女は王城で女官として勤めているので、服飾やマナーについても頼りになる。これだけでも彼女に同行してもらって正解だった。

ティラナはドレスのスカートの下から携帯用の裁縫道具を取り出して、クラウに着せた上衣を身体に合わせて整えていく。

「きちんと誂《あつら》えた服ではありませんから動きづらいと思いますが、我慢してください」

「ありがとう、助かった。……ま、城で剣を振り回す羽目にはならないだろうから」

もっとも、それもこれからのクラウの立ち回り次第だ。

「それにしても、そんなところに針と糸を入れてたのか」

「お城の女官は皆こうしていますから……」

なんでも王城では高位の貴族や姫君から突然に仕事を押し付けられることが日常茶飯事なので、こうやって必要な道具を持ち歩く裏技が生まれてしまうらしい。とはいえ行儀が悪いことは自覚しているようで、ティラナはこそこそと裁縫箱をしまっていた。

「さて、じゃあロード・イルセラントに会ってくる。気は進まないけど……」

「はい」

「我が王よ、妾《わらわ》をここに置いていく気か!?」

丁寧に一礼したのがティラナで、ばっと立ち上がって叫んだのがリアである。

勝手が分からないどころではない城に置いていかれるのが不安なのは分かるが、

「そう言われても、さすがに部下をぞろぞろ引き連れて領主《ロード》の前には出られないし……」

クラウはどうにか説得しようとするも、リアはなおも食い下がってきた。

「妾《わらわ》はそなたの妃であろう。王が妃を伴うことに何の問題があるものか」

「俺が王じゃないってあたりから問題かな……」

二人の横ではティラナが唇の端を引きつらせている。

クラウはちらりと彼女に目をやった。どのみちしばらく二人にはこの客間で待機していてもらうことになるので、うまいこと引き止めてくれないかと思ったのだが、

「静かになさい。不躾に騒げばクラウ様の足を引っ張ることになるのですよ」

「……むう」

「そもそも国王陛下と貴族会議のお許しもなく、勝手に妃と称するとは何事ですか」

「そっちか!?」

ティラナの言葉にクラウはがくりと崩れ落ちた。

「何だと、妾《わらわ》が妃に相応《ふさわ》しくないとでも言うのか!?」

「ならばもう少し慎みと礼法を身につけなさい！　竜なのはともかく！」

竜なのはいいんだ……と、遠い目で天井の装飾を眺めながらクラウは思った。

なお貴種《ブルーブラッド》は竜と人間の混血とされているので、有職故実に則《のっと》るならばむしろリアは結婚相手になり得る。王城の貴族たちがガラクタ王子の婚姻を承認するかはまた別の話だが。

ややあって。

『では、我が王と出陣してくるぞ！』

「……クラウ様、お気をつけて」

喧々諤々《けんけんがくがく》の末、リアは大剣の姿でクラウの腰におさまることでようやく納得した。革の鞘を死ぬほど嫌っていた彼女だが留守番はもっと嫌だったようだ。

そして、クラウは家令の先導で城の最奥部の塔に向かう。

先触れもなく王都から王族《ノーブルブラッド》がやって来たとあって、城内が浮き足立っているのが当のクラウにまで伝わって来た。

「大変だなあ……」

さきほどの指揮官は例外として、王族《ノーブルブラッド》が他領を訪れたとなると相応の歓待が必要となる。クラウは王都では〝ガラクタ〟扱いで顧みられない身だが身分はあくまで王子であるから、イルセラント側としても下手な応対はできないだろう。

まあ、ユーリウスはこうして領内を慌てさせるためにクラウを放り込んだのだろうが。

そして日中用の応接間において、クラウはとうとうイルセラントの領主《ロード》と対面した。

「王子殿下におかれましてはご機嫌麗しく……」

領主《ロード》マクシム・インヴォルクはクラウの前で朗々と挨拶を述べる。

マクシムは四十過ぎと見える壮年の男だった。赤毛と髭を整えて香油でぎとぎとに撫《な》で付け、精緻な縫い取りが施された上衣、少しばかり出た腹には金細工と宝石のベルトを巻いている。

領地貴族に相応《ふさわ》しい堂々たる居住まいだった。

そしてインヴォルク家の竜具なのだろう、背後に古めかしい槍が飾られている。

城内で帯剣することはまず許されないが竜具だけは例外とされる。だからこそクラウも〈リア・ファール〉を腰に佩《は》いたまま応接間に入れたのだ。

「公こそ、壮健そうで何よりだ」

「もったいないお言葉です」

クラウがどうにか王族《ノーブルブラッド》の真似事をできているのはティラナの速習儀礼講座の賜物《たまもの》である。

対してマクシムはさすが長年領主《ロード》を務めているだけあって所作は完璧だったが、何度か、わずかに眉をひそめてクラウの腰を見やるような仕草が見受けられた。よほど剣が……ガラクタ王子が竜具を携えているのが不思議なようだ。

ユーリウスの狙いどおりに混乱してくれるかは分からないが、クラウとしてはそんな顔を見られただけでちょっと痛快だった。

「殿下、どうぞこちらに」

「ああ」

この城の主はマクシムだが、宮廷儀礼においては王族《ノーブルブラッド》のクラウが上席に配される。とは言えマクシムは王都に何度も来ているはずだし、クラウの蔑称と由来くらいは百も承知だろう。

それでも〝ガラクタ〟相手に平然と頭を垂れてみせるあたりはさすが貴族と言うべきか。

この会談は正式な晩餐会《ばんさんかい》などではなく、事務的な打ち合わせと位置付けられている。ゆえに仰々しい貴族の挨拶さえ終えれば、あとは普通に（礼儀を失さず）話せば問題ない。

応接間のソファに身を沈めたところでクラウは早くもぐったりしたが、これからが本番だ。

「それにしても、まさか殿下がいらっしゃるとは思いませんでしたぞ」

「先日、拝命したばかりだからな。イルセラントまでは情報が伝わっていなかったんだろう」

クラウは警備隊の小隊長から巡検使……各地を回って貴族を監督する役に栄転したということになっている。

「手始めに各領地を回ってみることにした。それでイルセラントに来たというわけだ」

下手に事実関係を突っ込まれるとボロが出るので、淡々と告げていく。

「それはそれは、勉強熱心なことですな」

「このイルセラント領はマクシム殿の統治のもと、民はみな心安らかに暮らしていると聞いている。私もぜひ街に出て、彼らの暮らしぶりも見てみたいものだ」

しらじらしいやり取りが続く。

第三王子《クラウ》から出した要望は単純だった。しばらくイルセラント市内を勝手に歩き回るから邪魔はするな、である。

相当な無茶を言っている自覚はあるが、そんなことはおくびにも出さない。

「先にも言ったが、これはあくまで私の個人的な、非公式な訪問だ。よって歓待の宴などは不要、数日ほど砦の部屋でも貸してもらえればそれで構わない」

「砦……でございますか？」

完璧な笑みを繕っていたマクシムの顔が、少しだけ怪訝そうに変化したようだ。

理由は、勝手の分からない公城よりも面識のできた兵たちがいる砦の方が気楽だというのがひとつ。連れて来た部下の大半は平民だから下手に公城に泊まると分断されるというのがもうひとつ。さすがに護衛がヤーヒムとティラナだけでは心細い。

「ああ。できれば東のフェイトン砦がいい。先刻、あそこの城門を通って来たからな」

「……かしこまりました」

止められるかと思ったが、意外に要望はあっさり通った。

マクシムは少しばかり黙考してから、応接間の隅に控えていた家令に視線をやる。

家令はさらに使用人に命じて誰かを呼びに行かせたようだ。ほどなくして家令の案内のもと、新たな人物が応接間に入って来た。

クラウが視線で説明を求めると、マクシムがどこか芝居めいた仕草で紹介する。

「この者はダニシュ・ハウガン、私の甥で、今はフェイトン砦の護りを任せておりましてな」

「ほう？　それは奇遇だ」

フェイトン砦の長ということは、あの指揮官の上官ということでもある。

紹介されたダニシュなる人物は、まだ二十歳過ぎと見える青年だった。

砦の守備隊長という身分は貴族社会では通りがいいので、領主《ロード》の親族をその役職に押し込むことはよくある。竜具を持っていれば実際に戦力になるし、竜騎兵として腐れ神を倒すのは貴種《ブルーブラッド》の名誉でもあるからだ。

ただ、それでもダニシュはおよそ武人には見えなかった。

背は高いがひょろひょろとしてろくに筋肉が付いていないようである。腰のベルトに竜具らしき剣を吊《つ》っているが、その重さで身体が傾いて見えるくらいだ。

「ご用がありましたら、何なりとこのダニシュにお申し付けくださいませ」

「それは助かる。……ダニシュ卿、今、突然の訪問をマクシム殿に詫びたところだ。あなたにも手間をかけるがよろしく頼む」

「は……」

鷹揚な態度で挨拶するクラウに、ダニシュは弱り切った顔で目だけしきりに動かしている。

彼の視線の先でマクシムは苦り切った顔でダニシュを睨みつけていたが、彼ははたして気づいているだろうか。

クラウも内心で嘆息した。これが上官では砦の兵も苦労しているだろう。だいたい砦ではなく公城にいたことからして、ダニシュが防衛任務よりも政治、つまりは伯父への取り入りに熱心な男なのだと分かる。

「マクシム殿もお忙しい身であろう。私はそろそろ失礼しよう」

ややあって、一方的に話を終えてクラウは席を立った。

来訪の名目はあくまで「新任の巡検使が各地を漫遊している」なのだから、まず領主《ロード》のマクシムに領地の状況などを尋ねるのが筋である。だがクラウとしてはいきなり長話をしてボロが出るのは避けたかった。

どうせマクシムもこれが茶番だと分かっているだろうし、いきなり竜具がどうという話をして素直に答えてもらえるわけでもないだろう。

「それは残念です。後ほどフェイトン砦の者を参らせますので、しばしお寛《くつろ》ぎください」

まったく残念ではなさそうに、だが笑顔でマクシムも儀礼に則《のっと》って一礼してくる。

クラウがそれに応えて応接間から辞去すれば、ひとまず一段落——のはずだった。

残念ながらそうはならなかったが。

「こいつが、確か〝ガラクタ王子〟とかいう奴か……？」

応接間の扉が閉まるよりも前に、ぼそりと呟《つぶや》いてしまったのはダニシュだ。

マクシムは最後まで貴族らしく心にもない世辞を貫いていたが、まだ若い彼はその境地には達していなかったようだ。あと少しなんだから頑張れよ、と自分が馬鹿にされたのにクラウは思わず心の中で叱咤してしまったくらいだ。

クラウにとってその一語はひどく聞き慣れたもので、いまさら怒ろうとも思わない。

だが、彼女はそうではなかった。

『――何だと？』

可愛らしい少女の声だった。

しかしそれに怒りの響きが加わっただけで、応接間にいた男たちはみな一瞬、動きを凍りつかせてしまう。それが大剣《リア》のものだと知っているクラウですら同様だ。

「まさか、ゆ、幽霊……？」

平静を装いながらも動揺を隠し切れていないマクシム、ダニシュなどはがたがた震えて早くも壁に手をついて身体を支えている。

クラウも面倒なことになったと内心舌打ちした。

ここは厳重に警備されている公城の上階なのだ。そこに簡単に侵入を許したとあってはイルセラント領の沽券《こけん》に関わる問題になりかねない。クラウからすれば警備を厳重にされるとそれだけ本題の調査をしづらくなる。

『そなたらのその態度、その物言いはいったい何様のつもりだ』

しかしもうどうしようもない。ついでにクラウが虚空に向かって話しかけている様を見られたら、〝ガラクタ〟の蔑称に余計なおまけがついてしまう。別に惜しむ名誉などないが、ここで庇《かば》ってやるほどマクシムたちに好印象も抱いていない。

リアはしきりに剣の姿を嫌がっていたが、なるほどこれは考えものだ。

人前で彼女に注意できないというのはやりづらい。

『――それが王に対する態度か！』

「はははははは！」

とうとうマクシムが腹を抱えて笑いだした。

「王、王と来たか！　言うに事欠いて、その売女の倅の〝ガラクタ〟が！」

ユーリウスの話では、マクシムは正妃とつるんで第二王子ベルナルドを王にするべく画策しているという。政治工作の真っ最中にリアのこんな台詞を聞かされて、さすがに態度を取り繕う気力がなくなったか。

『何だと!?』

「どこから城に入り込んだ鼠か知らぬが、言うに事欠いて、その〝ガラクタ〟が王と来たか。帰って飼い主に伝えるがいい。現実を見ろとな！」

マクシムは傲然《ごうぜん》と笑った。おそらくこちらが彼の本性なのだろう。

確かに何かしらの政治的陰謀で忍び込んだなら、もう少し現実的なことを言うだろうと当のクラウですら思うが。

『きさ……』

リアがさらに何か言おうとするのを、クラウは鞘を軽く叩いて黙らせる。

しばし気まずいどころではない時間が流れた後、クラウは改めて席を立った。

家令に先導させて今度こそ応接間を後にしようとする。

「主人思いの手駒がいて羨《うらや》ましいことですな、王子殿下」

「幽霊はなかなか使い勝手が良いぞ。ロード・イルセラントにもぜひお勧めするよ」

こちらも、このくらいの冗談は言ってもいいだろう。

分厚い扉が閉まる寸前、さすがに顔を引きつらせるマクシムの姿が見えた。


そしてティラナの待つ客間に戻ったところで、リアは堰を切ったように喚《わめ》き出した。

「いったいなぜ黙っていたのだ、我が王よ！　侮辱されたのはそなたなのだぞ！」

「なぜって言われても……」

ティラナはリアを注意しかけたものの台詞でおよその流れを察したようである。だが今回はため息をひとつだけついただけで騒ぐリアを止めることなく、クラウに近づいて堅苦しい礼装の留め金を外し始めた。

「よくあることだからなあ。ロード・イルセラントにだけ文句を言っても仕方がない」

「己の名誉を己で守らずして、何が王か！」

「だから、俺は王でも何でもないんだって！」

クラウも負けじと叫び返す。

王都で出会ったときから彼女は自分をこう呼んでいた。記憶を失った状態で最初に見たのがあの〝予言〟の場面だったなら、それも仕方のないことと思ったのだが、さすがに仲間はまだしも他の貴族を相手にやられるのは困る。

「いずれそうなるのであるから、少し前倒ししたところで問題あるまい！」

「こっちには大ありなんだ！」

頭を抱えるクラウがさっぱり理解できないらしく、リアは首を捻っている。

「そなたは、ああも馬鹿にされて平気なのか？」

自分を見上げるリアの、大きな紅玉《ルビー》の瞳は潤んでいた。

侮辱されたのはリアではなく自分なのに、とクラウは一瞬面食らったが、やがて黙り込んでしまう。生まれて……物心ついて竜具を数個壊してからはずっとこうだった。それ以外を考えたことなどなかったのだ。

でも。

「平気……でもない、んだけど」

戦果は正当に評価してほしいし、意味もなく鞭打たれたくもないし、ガラクタと呼ばれ続けて傷つかないわけではない。いくら慣れたところで痛みがなくなるわけではないのだ。

「だろう？　ならば、そなたは怒ってよいのだ」

リアはきっぱりと言ってのける。

その声の力強さに、クラウはなんだか無性に救われた気になったのだった。

「その、……ありがとう」

声はやけに小さくなってしまう。

だが、小さな礼にリアはほわっと嬉しそうに笑ったのだった。

やがて会話を聞いていたティラナが、小さな笑みを浮かべながら上衣を脱がせてくれる。

クラウのシャツを整えながら、彼女はクラウにしか聞こえない声で囁いた。

「少し、すっきりしました」

「……と、いうと」

「クラウ様は侮辱されても気にしないかもしれませんが、私は……私どもはずっと腹立たしく思っていたのです。あの娘は妃の座につけるにはやかましすぎますが、たまには良いことを言うものだと思いました」

それは、リアの言葉はティラナにとっても本心だったということか。

そう言えば彼女はたびたびそんなことを言っていたが、クラウは受け流してばかりだった。

「わ、……悪かった」

「いいえ。――クラウ様を王とお呼びしたいのは、私も同じですから」

クラウがそれに何か言おうとしたところで、リアの大声が割り込んでくる。

「そもそも我が王への侮辱は、王妃たる妾《わらわ》への侮辱でもあるのだからな！　あの油ぎとぎと男め、いったいどうしてくれよう。髪をてっぺんから一本ずつ抜いてやろうか」

「どうせなのでヤーヒムから短剣を借りてきましょう。熱した刃で剃ってやれば良いのです」

「それも良いな！」

「……それは勘弁してやってくれ」

二人がきゃっきゃと語る光景を鮮明に想像してしまい、クラウはぶるりと身を震わせた。

しばらく他愛のない話をするうち、ふたたび客間の扉の向こうから声がかかる。

フェイトン砦から使者が来たようで、クラウたちは慌てて荷物をまとめて立ち上がった。

＊＊＊

「まさか、来るのがあのガラクタだったとはな」

クラウ・タラニスが応接間から退室した後、マクシムは舌打ちした。

王都にああいう情報を流せば、第一王子ユーリウスは確認のために使者を派遣して来ざるを得ない。そこまではマクシムら正妃派の読みは正しかったのだが、使いっ走りの人選はさすがに想定外だった。

「ですが、あの王子は結局ユーリウスの命で来たのでしょう？　それならば……」

「その証拠がないと言っておるのだ、馬鹿者！」

どんと机を叩いて、傍らに立つ甥を怒鳴りつける。

そこでびくっと背を丸めて、目に涙まで浮かべているから余計に情けない。

さきほどのガラクタ王子への失言くらいは大目に見るにしても、領主《ロード》一族としてこの体たらくはいったいどうしたものだろう。

ダニシュの言うとおり、クラウ王子がユーリウスの意で訪れたことは間違いない。

だいたいクラウ王子だけでは他領に出るための手続きや、身分証となる竜具のネックレスを手に入れられないはずだ。とは言え、それはあくまで状況証拠に過ぎない。

さきほどクラウはただの一度もユーリウスの名を出さなかった。

「あれは、ユーリウスめが手に取らねばならんからな……」

ユーリウスを引っかけるための罠なのに、ガラクタ王子がかかったところで意味がない。

ぶつぶつ呟《つぶや》くマクシムを、ダニシュは一歩下がりながら見つめていた。

「お前のフェイトン砦に泊まらせろと言い出したのは僥倖《ぎょうこう》ではあったな。理由は知らんが」

「はい」

さすがに先刻の壁外の戦闘について、領主《ロード》まで即座に報告は上がってこない。

「まあいい、奴の言うとおりに部屋を貸してやれ」

「承知致しました。……あの、……他には」

ダニシュが上目遣いをするかのようにマクシムを覗き込んできた。

何か言いたげな甥にマクシムはふんと鼻で笑って、

「放っておけ。そう長くはいられないはずだ、少し遊ばせてやれば王都に戻るだろう」

余裕ぶった台詞であるが、その顔は見るからに不機嫌そうである。

「砦ではお前が見張るのだぞ。美女……は無理かもしれんが、せいぜい酒でも飲ませておけ」

「は、はい、伯父上!!」

ダニシュは背を丸めた姿勢から一転、直立不動で何度も頷く。

甥のその姿を見ながら、マクシムはまたもやため息をついた。

第三章　持たざる者の戦い方

イルセラント市に到着した後、一同は今後の方針について話し合った。

無事に目的地に到着したところでさっそく竜の骨、あるいは剣の調査に取り掛からなければならない。だがマクシムに問うたところで素直に答えるわけがなく、領内に住まう貴族も似たようなものだろう。

ではどこから手をつけるべきかとクラウが考え込んでいると、

「せっかく遠い他領まで来たってのに、部屋に閉じこもっていてもつまらんでしょう」

そう言い出したのはヤーヒムと小隊の若者たちだった。

来訪の名目はイルセラント領の査察と見学ということになっているので、フェイトン砦に借りた部屋から動かなければ、確かにそれはそれで怪しまれる。

「お前たち、ただ街に出て遊びたいだけだろう……」

「任務もちゃんとやりますから、土産物くらい買わせてくださいよ！」

生真面目なティラナは額に青筋を浮かべていたが、リアは部下たちが語る「楽しそうな街の様子」に目を輝かせている。

「……まあ、まずは歩き回ってみるか」

「さっすが殿下、話がわかりますねえ！」

現状、手がかりがあるわけでもないので、クラウは彼らの提案にため息交じりに頷いた。

そして翌日。

「やー、こっちのが空が高い感じがしますね！」

「そうか？　どっちも青く見えるぞ」

砦の塔から城壁に出たところで、数名が早くもはしゃいで間抜けな会話をしている。

数メルトルの城壁の上からは市街地が一望できた。

今クラウたちがいる城壁は街の内外を隔てるイルセラント市の防衛線であるが、市内にも崩れかけた壁、あるいはその跡らしきものがちらほら見える。街が何度も拡張を繰り返して成長してきた証だ。

その二重、三重の壁の中心に、領主《ロード》の座する公城が聳《そび》えている。

公城の周囲には広い敷地の邸宅が並んでいるのが見て取れる。ガラティア市もそうだが、城を取り巻く第一円は貴種《ブルーブラッド》や豪商といった名士たち、それから第二円、第三円……と遠のくにつれて社会的階層が落ちていき、いちばん下が壁外の村に暮らす人々というわけだ。

「ガラティアとかなり違うな……」

領を超えて人が移動することが少ないため、それぞれの領地は独自の発展を遂げている。

ガラティア市育ちのクラウには、路《みち》の左右に並ぶ住居の型や遠目に見える衣服の色合わせまで見慣れぬものばかりだ。砦の兵たちの言葉も訛《なま》りがきつく聞こえるが、幸い聞き取れないというほどではない。

　遠目に街並みを眺めながら、クラウの口からふと感傷的な呟《つぶや》きが漏れた。

「俺の居場所はどこなのかなあ……」

　中央の城に居場所はなく、今は縁の砦にどうにか身を置いているがそれもどうなるやら。

　思わず物思いにふけったクラウだったが、すぐに現実に引き戻された。

「我が王よ。あそこに見えるのは何だ？」

　右腕に抱きついて、同じく目を丸くしながら市内を見下ろしていたリアである。

　なお「我が王」という呼びかけを止めさせようと昨日クラウはだいぶ努力したのだが、とうとう「知らない人間がいるところでは言わない」で妥協せざるを得なかった。ティラナが説教要員に加わってくれれば良かったのだが、彼女もこの点に限ってはリアに同調しており、何か言いたげな目でじっとクラウを見つめてきたくらいだった。

　ともあれリアが白い指で示したのは市の中心部、公城にほど近い地点である。

　石畳が敷き詰められた広場があり、その中心に何かが建っているのが見えた。

　遠目には山から切り出してきた岩をそのまま突き刺してあるかのようだった。だが、その岩が公城と変わらぬくらいの高さがあるのだから尋常ではない。

　岩肌は独特な灰白色をしている。

　それが何に近いかと問われれば動物の骨——あるいはヤーヒムの竜具の短剣だ。

「ああ、あれがイルセラント領の〝竜基《スタバティア》〟なんだな」

「……竜基《スタバティア》？」

「領主《ロード》が、領地を浄化するのに使う竜具だ」

竜基《スタバティア》とは神の呪いで汚染された土地を浄化して腐れ神の発生を防ぎ、人間が住めるようにする竜具だ。あの竜基《スタバティア》の効果範囲がすなわち〝イルセラント領〟である。武器や橋など竜具の種類は多いが、その中でも最大級と言えるだろう。

竜基《スタバティア》は己が領土の出来事をすべて把握し、操ることができるのだという。

領主《ロード》は竜基《スタバティア》に魔力を注ぎ込んで機能を維持しつつ、腐れ神に襲撃された地区を優先的に浄化したり、また領内に侵入した腐れ神の位置を察知したりと、領民を護り導くのである。

「あの竜基《スタバティア》とやらは王……いや領主《ロード》か？　が受け継ぐものなのか」

「むしろ逆だな。竜基《スタバティア》を受け継いだ者が領主《ロード》と言った方が正しい」

たとえば領主《ロード》を殺して己こそが新しい領主《ロード》だと主張したところで、竜基《スタバティア》を扱えなければただの叛逆者《はんぎゃくしゃ》で終わってしまう。この時代、いわば竜基《スタバティア》という大樹に寄りかかるしか人間が生き延びる道はなく、竜基《スタバティア》を維持できない領主《ロード》に存在意義はないからだ。

そしてその領主《ロード》の上に立つ者として、王都ガラティアに座する〝王《レギウス》〟がいる。

「イルセラント……ふむ……ん？」

リアは何やら考え込んだ様子で遠くの竜基《スタバティア》を睨むように見つめていたが、不意に後ろに控えていたティラナを振り返った。

「ティラナ、セラとはいったい何だ？」

不思議そうに尋ねる。

だがティラナは不機嫌そうに眉をひそめた。

「いったい何のことです」

「へ？……いや、今そなたが言っておったではないか」

「私は何も申し上げておりません。気のせいではないですか」

クラウたち男性陣はそのやりとりをはらはらしながら見つめている。どうということのない会話だと思うのだが、やけに緊迫感があるのはクラウの気のせいではないだろう。

リアは何度か目を瞬かせた後、気を取り直したように小さく頭を下げる。

「悪かった。妾《わらわ》のただの空耳だったようだ、気にしないでくれ」

「いいえ」

リアがふたたび市街地に目を向け、そして男性陣はほっと胸を撫《な》で下ろしたのだった。

自分の腕にぎゅっとしがみついているリアに、クラウはおそるおそる尋ねてみる。

「リア。竜基《スタバティア》を見て何か昔のこと思い出したりとか……」

言いかけたところでクラウは「失敗した」と顔を引きつらせた。

竜具は竜の骨を加工して作る。それは短剣でも大岩のような竜基《スタバティア》でも同様だ。

人間は竜具と気楽に呼んでいるけれども、リアにとっては同胞の遺骸に他ならない。もしかしたらリアの親族や両親の骨もどこかで竜具となっているかもしれないのだ。

彼女の考えがそこまで至ったかは定かではないが、

「いや。さっぱり分からん」

そう言いつつも、リアはこちらを見上げてまたもや胸を押し付けてくる。ほっとするべきなのか、役得なのか、慌てて引っ剝《べ》がせばいいのか少し迷った。


そしてクラウたちは城壁から市街地へと降り立つ。

「さて、ここからは分かれて調査をしよう」

十数人でぞろぞろ歩くと悪目立ちするので三組に分かれることにする。

クラウ班はリア（説得するだけ無駄）、ティラナ（護衛）、ヤーヒム（頼みの綱）である。

貴種《ブルーブラッド》ばかり固まってしまったが、市街地では腐れ神の襲撃よりも暗殺の危険性が高いので致し方あるまい。

「ティラナ、誰か尾《つ》けて来てるか？」

「いいえ、今のところその気配はないようです」

言いながら、ティラナは手のひらほどの大きさの鏡をスカートの裏にしまっていた。

鏡は良家の娘であれば誰でも持っているような品だが、彼女のような目端の利く……索敵の訓練を受けた者であれば色々と使い道があるものだ。

「そうか。……ロード・イルセラントは監視してくると思ったんだけどな」

女官という職務上、また祖父に鍛えられたおかげでティラナは不審者の気配に敏《さと》い。マクシムの思惑は分からないが、現時点では市内を自由に歩き回っても問題ないだろう。

「しかし市内のことはさっぱりだからな、どこをどう歩いたもんだか……」

「道案内がいないんじゃ困りますからね、確保してきました。あいつらにも渡してあります」

頭を掻くクラウに、ヤーヒムが横からさっと一枚の紙を差し出してきた。

覗き込んでみると市街地の地図である。それも急ぎ必要なところだけ書き写した風だ。

「見取り図がないと調査も何もあったもんじゃないですからね。昨日、殿下が城で領主様《ロード》に愛想笑いしてる間に、砦の連中に頼んでこっそり見せてもらいました」

図によればイルセラント市は公城を中心として東西南北に大通りが延びているようだ。同心円と十字を組み合わせたような構造なので部外者にも位置関係を把握しやすい。

街や領地の地図というのは軍事機密に属するもので、伝手《つて》がなければ手に入れられない。昨日の戦闘でフェイトン砦の兵と面識ができたとはいえ、ヤーヒムの仕事の早さにクラウとティラナは目を丸くした。

「さすがだ、ヤーヒム。助かる！」

「はっは、殿下、俺はできる男ですぜ。ところでその有能な部下の給金は倍になりませんかね」

感動するクラウに、ヤーヒムはその巨体を踏ん反り返らせて笑っている。

「妾《わらわ》よりも褒め言葉が多い気がするのだが、気のせいだろうか」

「そこに気づくとはなかなかですね。ですが考えても虚《むな》しいだけだと忠告しておきます」

リアとティラナが何やらぶつぶつ言っているが、クラウの耳には入らなかった。

市街の地図にちらちらと目を落としながら四人はイルセラント市を歩いていく。

現在地は市内の第二円と第三円を繋ぐ、市内でもっとも賑わう大通りである。

今日は市場が立つ日ではないはずだが、それでも道路の左右には屋台がずらりと並び、それを冷やかす人々でごった返していた。

屋台と人々の群れの向こうにイルセラントの竜基《スタバティア》が見えた。

文字どおり領地の礎とも言える竜基《スタバティア》の足元で、人々はたくましく日々を送っている。

「こら、勝手に行くな、はぐれたら大変だから」

「……むう」

いつもクラウの腕にくっついているリアが屋台にふらふらと引き寄せられている。慌てて彼女の肩を掴《つか》んで引き戻すが、偶然すれ違った男の目がなんだか怖かった。

今はクラウは警備隊の制服ではなく質素な平民の服を着ている。むろん護身用の武器は帯びているが目立たぬようにしてあるので、この街の住民には「どこかの村から出て来たらしい見慣れない顔」とでも見えるだろう。

それでも周囲からちらほらと視線を感じるのは、おそらくリアのせいだ。

イルセラント領は大陸の北方に位置するせいかガラティア市よりも気温が低い。すれ違う人々は鮮やかな刺繍《ししゅう》を施した上着も何枚も重ねているから、この地方ではどうやらそれが標準のようだ。

昨夜に土下座も辞さぬ勢いで説得した結果、どうにか上着だけは羽織らせることに成功したのだが、リアの白い太腿は今日もほとんど剥き出しだから、悪目立ちして当然であった。

「俺、女の子にあんな格好をさせる変態だと思われてるんじゃないかな……」

「おや。俺はてっきり殿下の趣味だと……」

「違う!!」

にやにや笑うヤーヒムをクラウは恨めしげに見上げ、

「ご安心を、クラウ様。真っ先に変態だと市民に疑われるのはどう考えてもあの者自身です」

「妾《わらわ》が変態だと!?」

それからティラナに食ってかかるリアを宥めるだけで五分以上かかった。

言うまでもなく、どうでもいい会話をしながらも一行は大通りをゆっくり歩いている。

「……匂いが違うな」

人混みを避けながら、クラウはふと呟《つぶや》いた。

さきほど城壁から市街を見下ろしたときには分からなかったことだ。

居並ぶ屋台にはラベンダーなどの香り高い花や香料を売る店があり、そしてあちこちから香辛料と料理の匂いが漂ってくる。

「これは、食べ物の匂いなのか?」

「ああ。あそこに干してあるのは芥子《カラシ》かな? 葉も種をすり潰しても食べられる。王都じゃあまり食べないけどこのあたりは寒いから辛い味が好まれる……だったかな」

出発前に慌てて読んだ概説書の内容を思い出しながら説明する。

「食べ物。そうか、これは食べ物なのか」

リアは興味深そうに何度も口の中で繰り返していた。

そういえば「竜は何を食べるのか、好物なのか」を語る神話というのは聞いたことがない。移動中はリアは警備小隊と同じ食事をしていたし、それで文句も言わなかったから、てっきり人間と似たり寄ったりなのかと思っていたのだが。

「おお……」

ならばリアが屋台の食べ物に興味を示すのもきっと悪いことではないのだろう。

彼女のそんな反応は喜ばしいのだが、クラウは早くも疲労困憊で背が曲がりつつある。

「殿下、もう疲れてませんか？」

「まあ、少し……」

王城の華やかな部分に縁がなかったというだけで、基本的にクラウは箱入り育ちだ。

幼い頃は妹とともに城の離宮で暮らしていたし、その後は砦に放り込まれて戦ってばかりだったから、市街に遊びに出かける機会など滅多になかった。ティラナもれっきとした貴族の令嬢だから似たようなものだ。

「ここには城のうるさい連中もいないんですから、殿下もちっとは楽しんだらそうです。ほら、あそこの売り娘なんか可愛いですよ、ちょっと声をかけて……ってて！」

ドレスの裾が翻る一瞬の隙に、ティラナが靴の踵《ヒール》でヤーヒムの足を踏んづける。傍目《はため》には優雅に歩いているようにしか見えない王城仕込みの早業であった。

「ってて……お嬢様よ、そこのリア嬢ちゃんを見ろ。まったく動じていないじゃねえか」

「ふむ、我が王が他の女に目移りするという話か？　そんなことはあり得ん」

ヤーヒムに水を向けられたリアはふんっと胸を張った。

「妾《わらわ》こそが未来の妃と予言に出ておる。それに、あの娘より妾《わらわ》のほうがずっと可愛い！」

きっぱりはっきり宣言するリアに、人間三名は顔を見合わせてぼそぼそと囁き合った。

「あれを真似するのは私には無理です」

「いやあ……あの自信満々っぷり、殿下もちょっと見習ってみたらどうです？」

「俺も無理かな……」

遠い目をしてから、クラウは屋台の並びに目を移してくしゃくしゃと頭を掻く。

「しかし、街に来てみたはいいけど、竜やら剣やらの話を知らないかと聞いたところでなあ。どうしたものか」

呟《つぶや》いたところで、ヤーヒムがにやっと笑ったようだった。

「平民の耳を舐めちゃいけませんぜ、殿下」

まるきり庶民のような物言いであるが、彼は貴種《ブルーブラッド》ではあっても平民街の労働者と一緒に育ったと聞いている。そのためか異邦の街はクラウと同じく初めてのはずだが、屋台に並んだ果物を眺めて女将に声をかけたりと実に楽しそうだ。

「王や領主《ロード》は誰でも、民の噂を気にしているのは分かるけど……」

たとえば不穏な噂は兵の士気に関わるというなら分かる。しかし今回の調査対象は、領主《ロード》たるマクシムが隠匿しているらしい竜の骨、あるいは竜具だ。そんなものの情報がはたして庶民の耳に届くものなのだろうか。

怪訝な顔のクラウをヤーヒムがにやにや笑って眺め、それを横からティラナが睨んでいる。なおリアは串焼きの屋台に夢中になっているので今は除外する。

「ああいう兵を注意して見てればいいのか？」

クラウは買い物する人々に混じって歩いている警備兵にちらりと目をやった。

城壁の砦にそれぞれ配備された警備兵は、腐れ神から街を防衛するとともに市街の治安を守る任務もある。クラウ小隊は壁外の戦闘に回されてばかりだったが、ガラティア市にももっぱら市内の警邏《けいら》を行う小隊もあった。

街の人々も巡回に慣れているのか、挨拶したり、少し避けてやり過ごしたりしている。視線の向こうで警備兵が顔馴染みらしい屋台の主人から林檎をもらうのが見えた。

「賄賂……？」

「ってほどのもんじゃないでしょう。イルセラントは腐れ神がよく出る領地ですから、街の連中にとっても砦と警備兵は重要です。あいつらに見捨てられたら終わりですからね」

厳しい土地だからこそ兵と人々の結びつきが強くなるわけだ。

そういうことかとクラウは一瞬、納得しかけたが、ヤーヒムは苦笑いで首を振った。

「……む」

自分はあまり良い生徒とは言えないようだ。

「たとえばロード・イルセラントが工作のために動かしやすい近衛兵を使ったとしましょう。

奴らはたいてい派手な服を着てますし、まあ地味な服に着替えるかもしれませんけど、街の人間からすれば見慣れない顔ってだけで怪しさ満点、歩き方を見れば一発です」

マクシムがひそかに何かを謀《はか》るならば、おそらく動かしやすい側近や近衛を使う。領主《ロード》であるマクシムにはむろん大勢の使用人がいるはずだが、街との関わりが深い者を使えばそれだけ不審がられる確率が上がるからだ。

貴族はどうしても所作が一般人と違ってくるし、剣はなかなか隠しきれるものではない。

「そんな連中が五人、六人とどこかの屋敷に出入りしてたら？」

「それを近くの住民に見られてる、……か」

「そういうことです。近隣の連中を立ち退かせたりしたら一目瞭然ですね。お上の兵がどこで何をしてたか、噂が回るまで一日もかかりませんや」

「……そんなにか」

「ま、そこまで聞き出すにはちと工夫が要りますがね」

クラウが呻《うめ》き、ヤーヒムが肩をすくめる。

即席下町生活講座をティラナも神妙な顔で聞いていたが、どこか不機嫌そうに尋ねる。

「彼らがそんなに領主《ロード》や兵の動きに注意するのはなぜです？　他にすることがあるでしょう」

「そりゃ決まってんだろ、お嬢様。王侯貴族《あいつら》がやらかすことなんて、どうせろくでもねえに決まってるからさ」

ヤーヒム自身も貴種《ブルーブラッド》ではあるのだが、彼はそんな血筋などどうでもいいようだ。

令嬢のティラナがむっとした顔をしたが、ヤーヒムは取り合わずに肩をすくめた。

「ともかく、根気よく歩き回れば何かしら情報は出てくると思いますよ。ユーリウス殿下からもらった金はそれなりにあるんでしょ」

「ああ」

事前にユーリウスから活動資金としてそれなりの額は渡されている。むろん無駄遣いするわけにはいかない金だが、王族《ノーブルブラッド》たるユーリウスには市街で平民に混じって使う金額など微々たるものであろうから、問題ないだろう。

「ま、難しいことはこのくらいにして、ぱーっと何か食べましょうや。おーい、嬢ちゃん」

「そなた、王妃たる妾《わらわ》をちゃん呼ばわりとは失礼な!?」

「へいへい。殿下がな、何でも食わせてやるから張り切って好きなもん選んでこいとさ」

「何と！　ヤーヒムとやら、よくぞ王に諫言した。その勇気を褒めてつかわす！」

「そりゃ、どうも」

ヤーヒムが苦笑いで肩をすくめる。

リアはヤーヒムをびっと指差してから、目を輝かせて一目散に屋台へと走っていった。

「さて、俺も何か食べるもんを探してきます。朝から水しか飲んでませんからね」

そしてヤーヒムも浮かれた様子で屋台を冷やかしに行ってしまい、クラウだけが真面目な会話の流れのまま取り残された格好になる。

「クラウ様……あの男、買い食いがしたくて、しかつめらしく喋っていただけでは」

「……かもな」

ティラナの指摘にクラウはがっくりとため息をついた。

まあ実際、屋台で寄り道するくらいはたいしたことではない。焦ったところですぐに解決するわけではないことくらいは分かるし、特に節約しなければならない状況でもない。ならばエリーシュカへの土産話をひとつ増やしてもいい。

リアを探すと、右側の屋台のひとつを目を輝かせて覗き込んでいる。

クラウとティラナが後ろから覗き込んでみると、ぐつぐつと大鍋に赤黒いものが煮えており、慣れない匂いが立ち上っていた。

「おお、我がお……じゃなかった、クラウ」

「これはどういう料理なんですか？」

「あんた、知らないのかい？　イチジクを蜂蜜やらニンニクで煮込んでるんだよ」

大鍋をかき回していた女将が自慢げに答えてくれた。

イチジクやニンニクはガラティア市でも普通に食べられるものだが、それらをまとめて煮込む料理というのは初めて見る。甘いのか刺激的な味がするのかすら想像がつかない。

「へえ……」

「イチジクもニンニクも疲労回復にいいんだよ、両方食べれば朝から晩まで疲れ知らずって寸法さね。それにワインにラベンダーに、うちの秘伝の香辛料もたっぷりさ」

「うむ。素晴らしいであろう、クラウよ！」

どう聞いても胡散臭《うさんくさ》さしか感じられない売り文句なのだが、リアは感心しきりである。

「もちろん夜に食べれば朝まで元気溌剌《はつらつ》……」

そこでクラウはげほげほと咳き込んだ。

「どういうことだ？　夜はベッドで眠るものではないのか？」

「いや、リア、あのな……」

「嫌だねえお嬢ちゃん、そんな大胆な格好してるのにすっとぼけちゃってさあ」

クラウは涙目で助けを求めて後ろを振り返る。

後ろに控えるティラナはさぞ怒っているかと思ったが、意外にも彼女は平静な顔だった。

考えてみれば彼女は王城で女官を務めているのだから、下世話な噂話は聞き飽きているはずだ。いまさら、このくらいで目くじら立てるわけがない。

「クラウ様。風紀を乱す者には罰を与えなければいけないと思うのですが、いかがですか」

クラウの期待も虚《むな》しく、ティラナが無表情にドレスの裾の下から取り出したのは薄刃のナイフだった。女官というより暗殺者が使う仕込み武器だ。

「待て待て待て、流血沙汰は風紀を乱すよりもっとまずい！」

クラウが「どうどうどう」と必死にティラナをなだめる横では、彼の苦労など知らぬげにリアが女将と楽しく話し込んでいる。

「お嬢ちゃんはそこの坊ちゃんが好きなのかい？」

「うむ。未来の我が良人《おっと》なのだ」

「ほほおう、それはそれは！　だったらちょっと早いけどこれを食べさせておやりよ。こいつを一口齧《かじ》れば……あ、その服は着替えるんじゃないよ」

そこで女将はリアに何やら耳打ちしている。

神話においてイチジクは催淫効果があると語られている。なぜそう考えられたのかは定かではないにせよ、女将の言うとおり身体に良いことは確かだし、そこにニンニクと言った精のつく野菜も入ったなら……まあ、どういう料理なのかは明白だ。

「よし。我が王よ、このイチジクを食べるのだ」

「何をする気なんだ君は！」

「妾《わらわ》は、王をめろめろにしてみせると言ったであろう」

「即物的すぎる！　それは順番と結果が逆じゃないか!?」

「結果が同じならば良いではないか。よし、では子づく……」

「あなたは往来で何を口走っているのですか、破廉恥は服だけにしなさいッ!!」

ティラナが真っ赤な顔で叫んでリアを強引に屋台から引き剥がす。

何事かと道ゆく人々の注目を集めてしまったが、これでもクラウが必死にナイフをしまうようにとティラナに諭した成果であった。

いつの間にかヤーヒムも麦酒《ビール》入りの素焼きのカップを手に戻ってきていて、肩を震わせながら必死に笑いをこらえている。

「確かに、殿下とリア嬢ちゃんが子供をこさえれば貴種《ブルーブラッド》の家門が増えますなあ」

貴種《ブルーブラッド》とは人間と竜の混血の末裔《まつえい》であり、竜具を使いこなす者であり、王侯貴族である。

だがすでに竜が公式には絶滅している以上、新たな貴種《ブルーブラッド》の一門というのは生まれようがない。

数々の特権を与えてどうにか頭数を減らさないようにしつつ、竜具で腐れ神に対抗しているというのが現在のこの世界なのだ。

そこに色濃く竜の血を引く子供が生まれたらさぞや有り難がられることではあろうが、

「お前も貴種《ブルーブラッド》だろう、俺ばっかり人を種馬みたいに……」

「うちは名ばかりの貧乏貴族ですし跡取りのガキもいますんでね、気楽なもんですわ」

ヤーヒムは「がははは」と笑った。なお「種馬」のあたりでティラナが卒倒しかけていたが、とっさに助けに入ったのがリアというあたりが報われない。

リアは相変わらず腕に抱きついてくるし、ティラナの視線は痛いし、ヤーヒムは面白がるだけでまったく助けてくれないし、大通りを散策しながらクラウにとっては地獄のような時間がしばし過ぎる。

「……あ、なんだか良い匂いがするな」

クラウが目を留めたのは目立たない物陰にある屋台だった。

肉の串焼きは特に珍しい品目ではない。だが他の店が香辛料の強烈な香りを漂わせているのに対してこの屋台は簡素な味付けのようで、焼けた肉そのものの匂いがする。

屋台の位置取りが悪いのか客は多くないが、覗き込んでみると肉と野菜を取り混ぜて串に刺してあり、見た目もなかなか華やかだ。それにさきほどのように怪しげな感じもしない。

「おお、これも美味しそうだな！」

「だろう？……すみません、それを四本もらえますか」

声をかけると、三、四歳の男の子が帽子を逆さまに抱えてクラウの足を小突いて来た。

「うわっ!?」

「坊主、お母さんの店を手伝ってるのか。よしよし、偉いぞー」

狼狽《うろた》えるクラウに、ヤーヒムが苦笑して横から男の子を抱き上げてやった。男の子が大事そうに抱えている帽子にクラウはおっかなびっくりといった仕草で小銭を投じる。

「お客様、申し訳ありませ……」

「いやいや、気にせんでください」

ヤーヒムは鷹揚にわしゃわしゃと男の子の頭を撫《な》でてから、ふたたびクラウに目をやった。

「別に、こんなガキに取って食われるわけがないでしょうが」

「そうなんだけど、子供の相手をしたことがないから……」

離宮と砦にいたのでは幼児に出会う機会などほとんどないので仕方がない。せいぜい幼いエリーシュカの面倒を見たことがあるくらいか。

きゃっきゃとヤーヒムの腕の中ではしゃぎ始めた男の子を見て、リアが小首を傾げた。

「そなたは幼子に好かれやすいようだな？」

「あー、昔、嫁さんに言われてさんざん息子の子守をしたからねえ」

ヤーヒムは隊の唯一の妻帯者であり、一人息子がいることはクラウたちも知っている。

「元の奥方、ですけどね」

ティラナがさきほどの意趣返しとばかりに口を挟んだ。

「……元？」

「ええ。あの男は以前、あろうことか気に食わない軍の上官をぶん殴って降格させられたそうなのです。奥方は愛想を尽かして家を出ていかれたのでしたっけ？」

「体裁上、貴族籍から抜いただけだ！　まだ息子はあいつの家に預けてあるし！」

ヤーヒムが慌てて叫ぶが、リアが彼を見上げる目がたちまち反抗期の娘のようになった。

「えー……」

「しゃあねえだろ、あのクソ隊長、まだ住民が残ってる家を見捨てて撤退しようとしたんだよ！　子供もいたのに！」

このあたりの経緯はクラウも以前に聞いている。

ヤーヒムは爵位持《タイトル》ちの上官を殴って降格となり、累が及ぶのを防ぐために書類の上では妻と離縁した。そして厄介払いのように年若い〝ガラクタ王子〟の部下にされて現在に至っているというわけだ。

理由を聞いて、リアは「なんだ」とばかりに表情を元に戻した。

「そういうことか。ならば、その隊長とやらが悪いな」

「そうだろう、そうだろう？　いやあ嬢ちゃんは話が早くて助かるぜ」

リアはヤーヒムの腕の中の男の子に手を伸ばしてほっぺたを撫《な》で回している。記憶のない彼女は幼児に触るのも初めてのはずだが、まったく怖《お》じ気づく様子はない。

と、そこで肉が焼きあがったと声がかかった。

「おお、我が王よ、この串焼きも美味しいな！」

最初に受け取ったリアが一口齧《かじ》って感動に目を輝かせる。地面に降ろされた男の子が母親の後ろで「そうだろう」とばかりに自慢げな顔をしたのがちょっとおかしかった。

「いつも、この場所に屋台を出してるんですか？」

「いつもではないのですが……出店料が払えるときには、大抵このあたりにいます」

情報収集してみようと、客がはけたのを見計らってクラウは母親にそれとなく尋ねる。

壁外の村に暮らす人々は農作物や家畜を市街の商人に買い取ってもらい、あるいはこうして自《みず》ら売りに来るそうだ。肉や野菜を売るよりこうして調理した方が儲かるが、代わりに工夫が必要になるという塩梅《あんばい》である。

確かに女性と男児の衣服は、道ゆく人々よりも少しみすぼらしく見えた。街と村ではどうしても生活水準にも差が出てくる。

「なるほど」

それはそれで興味深い話ではあったが、竜の骨の手がかりらしき言葉はなかった。まあ、最初からいきなり有用な情報を得られるわけもないのだが。

ティラナ、ヤーヒムと順に串を手渡していき、ようやくクラウの分まで焼き上がる。

なにしろ先刻イチジクの罠があったので、変な効能がないことを祈りつつクラウはおそるおそる肉を齧《かじ》った。

「……美味い」

素朴な、ぶつ切りにした肉を焼いただけの料理である。食べ慣れたガラティア料理とは違ったし、王族《ノーブルブラッド》の主流からは外れていても何度か夜会に出る機会があったので豪華な食事も知っているが、それでも素直にそう思えた。

「うむ。人間たちの街に来たのは初めてだが、楽しいものだな！」

あまりにリアの食べっぷりが良いものだから、女性が「もう一本召し上がります？」と言って差し出していた。後でその分の代金も払うのはクラウなのだが。

「そうだな。……楽しいんだな、きっと」

クラウはぽつりと呟《つぶや》く。

楽しみながら食べれば美味しいのだ。いまさらのようにそんなことを知る。

令嬢育ちのティラナは四苦八苦しながら肉にかぶりつき、ヤーヒムはまるで長年の知人のような気安さで女性とあれこれ話していた。

そうこうするうちに食べ終わり、では別の場所に向かおうかと思ったところで、

「ん……？」

不意に、大通り全体がざわめいたような気がした。

クラウとティラナが眉をひそめ、リアも首を捻りながらもクラウの腕を取ってくる。ヤーヒムは面倒そうにため息をついて手にしていた素焼きのカップを放り投げ、女性も慌てて屋台の

横に立てかけた看板を引っ込めていた。

「何だ……？」

「ま、見てりゃわかりますよ。……嬢ちゃん、お前さんはちと殿下の腰に戻っとけ」

「む!?」

リアは不満げな顔をしたが、クラウが重ねて頼むと不承不承ながら大剣の姿となった。

こういうときは場慣れした人々に合わせておくに限る。リアの姿が消えたことに女性が怪訝な顔をしたものの何とかごまかす。

大通りの人々もほぼ似たような行動を取っている。

買い物に来ていたらしい者は側の路地に飛び込み、屋台の主人たちは手早く広げていた商売道具を片付け、ごった返していた大通りはたちまちがらんとした空間となった。

まるで、これから何かが来ると言わんばかりに。

「ということは……」

「たぶん、殿下のご想像どおりだと思いますよ」

やがて土を踏み固めて作られた道に、馬蹄《ばてい》の音が高らかに鳴った。

颯爽と馬を駆っているのは鎧を着けた騎士が数名。先日、公城に出向いたときに城門で同じ装備を見かけたから、砦ではなく公城詰めの騎士たちだろう。

火急の事態が起こったのならば――たとえば腐れ神が城壁を突破して市街地にまで侵入してきたとか――、街中《まちじゅう》で鐘が鳴らされて大混乱になっているはずである。さきほど警備兵が普通に買い食いしているのを見かけたから、ただの騎兵が通るというだけならこんな大仰なことになるはずがない。

「……ロード・イルセラントか」

ガラティア市では国王が通るときは周囲の民は地に伏せるべしとされていたが、イルセラント市では道を開けて静かにするのが規則のようだ。人々は息をひそめるようにしてそれぞれの到着を待っている。

先触れの騎士たちが通過した後、白馬をゆっくりと走らせるマクシムの姿が見えた。

『あの男……』

声を上げかけたリアを、クラウは慌てて大剣の鞘を叩いて黙らせる。

その前後にはやはり数名の騎士が従っており、その中には見知った顔……ダニシュもいた。

彼の役目はフェイトン砦の守備隊長のはずだが、伯父について回って今日も砦はほったらかしのようである。まあ、だからこそ地図を手に入れることもできたのだが。

「……それにしても」

領主《ロード》が己の領地を見回るのはごく普通のことであり、むしろ良いことだとクラウは思っていた。民草への細やかな気配りは領主《ロード》には大切だろう。領主《ロード》としてのマクシムにそう問題があるとも見えなかった。

「──あ！」

クラウは思わず考え込んだあまり、後ろの女性の小さな声に気づくのが遅れた。

大人たちは「領主《ロード》が道を通るときは静かにしていなければならない」という規則を知っていても、子供はそうではない。男の子も女性に抱かれて最初はおとなしくしていたが、やがて飽きたのだろう、手を振り払って飛び出してしまう。

ちょうどマクシムの白馬の目の前に。

「――――!!」

空気が凍りつく、とはこのことかと思った。

通りの向こうにいる住民が息をのむのがはっきりとわかった。

当の男の子だけが状況を理解せず、目の前に出現した大きな白馬に目を丸くしている。マクシムが寸前で手綱を引いたので馬蹄で蹴り殺されずにすんだが、逆に言えば、ここで領主《ロード》に手綱を引かせてしまったこと自体が大問題だ。

「ママ？」

ようやく異様な雰囲気に気づいたのか男の子は母親のもとに駆けてくるなり泣き出した。

それを抱いてあやしてやりながらも、女性は顔面蒼白《そうはく》を通り越して今にも気を失いそうだ。

「ヤーヒム、……こういう場合はどうなる？」

「まあ、あの女将が謝っただけじゃおさまりませんん」

クラウは声をひそめて隣のヤーヒムに尋ねる。

「たかが子供の不注意だろう、何で……」

「そりゃ、貴種《ブルーブラッド》だからですよ。殿下」

平然と言い切られてクラウは黙り込むしかなかった。

領主《ロード》の前に不用意に飛び出してしまうというのは重罪だ。不敬に加えて、貴種《ブルーブラッド》を危険に曝《さら》したことには違いないからである。あの男の子はまだほんの子供であるが、彼がマクシムを害する意思がなかったと証明することは難しい。今回とてマクシムが手綱さばきを誤って落馬していた可能性は高いのだ。

貴種《ブルーブラッド》が竜具で領地を守らなければこの国は成り立たず、ゆえに貴種《ブルーブラッド》は崇敬される。裏を返せば、平民は貴種《ブルーブラッド》に逆らえない。貴種《ブルーブラッド》に見放されれば死を待つだけだからだ。

「貴種《ブルーブラッド》だからって……何の被害も出てないのに」

「偉い人は面子《めんつ》を守るのも大事なんですよ。殿下の方がよくご存知でしょう」

マクシムがぎろりと地面に膝をついた母子に目をやる。

こうした場合に民草を斬り捨てるも鷹揚に許すも領主《ロード》の腹ひとつだ。そしてマクシムは〝ガラクタ王子〟への態度からしても、身分の低い者に容赦するような性格ではない。

主君に合わせて馬を止めた騎士たちが剣を抜くのが見えた。

『あ奴ら、いったい何をやっておる！　人間が人間を斬ろうとするなど……！』

「せめてこの街の人間なら、町長なりが取りなしに入るんですがね……」

そうやって実際は罰金で終わることが多いというが、今回は条件が悪すぎた。

母子が壁外の村から行商に来たということは、このあたりに身内や知人がいないということだ。この地区の生まれなら意を決して庇《かば》ってくれる者がいたかもしれないが、居合わせた人々は音を立てずに近くの路地に逃げようとしている。

なるほど、どんなに優れた貴種《ブルーブラッド》であっても、貴種《ブルーブラッド》であるというだけで平民からは恐れと忌避の対象なのだ。その気持ちはクラウにだって分かる。誰もが面倒ごとには関わりたくない。

息をひそめて事態を見守るしかない人々の中で、クラウはぐっと拳を握った。

「…………」

そして立ち上がろうとする。

領主《ロード》といえども直系王族からの物言いを無視はできないはずだ。後でどれだけ有形無形の嫌がらせが来るかは分からないがここで幼児を見殺しにするよりマシだろう。だが、

「やめておきなさい、殿下」

「離せッ」

「領民の前でそれをやったら、ロード・イルセラントの面目を潰すことになります」

「だからって子供を見殺しにできるか！　お前もそうだったんだろう!?」

小声で言い争う。ヤーヒムは頼りになる部下だが、今だけは譲る気は一切なかった。

「落ち着けってんですよ。ここで殿下が口を出したら余計に問題がこじれるだけです」

「っ……！」

苦いものを含んだ声に、クラウは思わず動きを止めた。

目の前では騎士の命令によって、母親である女性もマクシムたちの前に引き出されている。

「……領主《ロード》閣下への御前での無礼、幼子といえど許すわけにはいかぬ！」

領主《ロード》の甥という立場ゆえか、馬上で竜具の剣を振り回しながらきんきん響く声を張り上げているのはダニシュだ。

「——ですからね、こうするんですよ」

そしてヤーヒムは腰の皮袋《ポーチ》に手をやった。

素早く金属の飛礫《つぶて》を抜き出して手首の力だけで投じる。

「閣下のご威光にひれ伏さぬ者はこのイルセラうわぁッ!?」

突如、ダニシュの馬が激しく跳ねた。

立て続けに二投、三投、ヤーヒムが投げた飛礫《つぶて》は狙いどおりに馬の横腹に命中した。ただし馬に傷を負わせることなくただ驚かせる程度のものであり、騎手が落ち着いて強く手綱を引けば、すぐに立て直すことができただろう。

残念ながら、ダニシュはその熟練した騎手とは程遠かったのだが。

「こら、落ち着けっ……」

ダニシュが慌てるせいで馬もますます混乱して跳ね回っている。

一度、マクシムの白馬に横から体当たりしかけたくらいだ。慌てて同僚の騎士が主君をかばいながらいっせいに離れ、呆然としていた女性ですら巻き込まれまいと慌てて男の子を抱えて距離を取っていた。

そこにヤーヒムが駄目押しとばかりに、馬の尻にもう一撃を食らわせる。

「ちょっ、待……」

「ダニシュ！」

「うわあああぁあああああぁぁぁぁぁあああぁぁぁあ」

後ろから敵が来ると思った馬は、今度こそ泡を食ったように全速力で走り出した。ダニシュの悲鳴がしばらく尾を引いていたが、それもすぐに聞こえなくなる。どうやら落馬はしていないようで何よりだ。

後には呆気《あっけ》にとられた街の人々と、苦虫を噛み潰した顔のマクシムたちが残される。

『うわあお』

腰からリアの小さめの歓声が聞こえて、クラウは思わず頭痛を覚えた。

母子が領主《ロード》に処断されそうになるという緊迫した局面は変わらないはずだが、今となってはそれすら間が抜けて感じられる。クラウですらそう思うのだから、誇り高いマクシムにとってはなおさらだろう。

「ちっ、あの我が一門の恥曝《さら》しが……！」

吐き捨ててからマクシムは白馬に強く鞭を入れた。

馬も何だかはっとしたような顔で一気に駆け出し、それを他の騎士たちが追いかけていく。

「何とかなった……のか？」

領主《ロード》や騎士たちがいなくなってがらんとした大通りで、女性だけが己が子を抱きしめて呆然と座り込んでいる。固唾を呑んで事態を見守っていた市民は、なおもしばし強張《こわば》った顔をしていたが、やがてのろのろと動き出した。

ようやく、さきほどまでの賑やかな街の風景が戻ってくる。

「どうです、殿下。我がグランジ家の秘伝の飛礫術《つぶて》は」

したり顔で笑うヤーヒムをクラウは瞠目して見上げた。

「すごいな！……いや頼りになるのは前から知ってたけど、あんな技は初めて見た！」

「いやあガキの頃にお役人を脅かすのが楽しくて練習したんですが、役に立つもんですな」

わははははと笑うヤーヒムに、クラウは数秒前の感動も忘れてがっくりと項垂《うなだ》れる。

「秘伝とはよく言ったものですね。人に自慢できたものではないというだけではないですか」

ティラナがげんなりした顔で呟《つぶや》きつつ、ドレスの裾の埃を払っていた。

「リア、もう鞘から出ていいぞ」

クラウが軽く腰を叩くと、彼女は言われたとおりにするりと抜け出して少女の姿へと戻る。しかし彼女はクラウの腕に抱きつくことなく、しばしぼんやり遠くを見つめていた。

「……リア？」

「グ・・・グラン？」

唐突に聞こえた単語にクラウは目を瞬かせた。人名のようだが、小隊の部下にも知人にもその名の持ち主はいない。

「そうだ、グランだ。あのすばしっこい赤い竜」

「……？」

「思い出した。前に似たようなことがあったのだ。原因は忘れたが……まあたいしたことではなかった気がする、大勢集まって一触即発となったところで、あのはしっこいグランが器用に尻尾で小石を投げつけ始めた」

ひたすらリアが呟《つぶや》き続けるのをクラウたちは唖然《あぜん》と聞くしかない。

「石が当たった奴は暴れたが、それでなんだか馬鹿らしくなって解散になった。あれをたいしたものだと言う長老もいたし、ただの卑怯者と言った同胞もいたが」

確かにその流れはさきほどのヤーヒムの小細工と似ている。

そこでクラウははたと気づいた。

「あのさ、リア。……尻尾、っていうことはそれは竜たちの話なんだな？」

「それはもちろ……あ」

そこでリアは目をぱちくりとさせた。

どうやら自分の〝思い出した〟ものが何なのか、ようやくわかったようである。

「記憶が戻ったんだな!?　竜が生きていた時代ってことは相当に前なんだろう、なら……」

「落ち着いてください、クラウ様。いきなりあれこれ尋ねるのは酷です」

ティラナがやんわりクラウをリアから引き離し、ヤーヒムが顎をしゃくりながら尋ねる。

「大丈夫か、嬢ちゃん。何ならそこで温かいもんでも飲むか……」

だがリアはヤーヒムの心遣いに頷くのではなくその顔を見つめてますます目を丸くした。

「……グラン？」

「惜しい、俺の名前はヤーヒム・グランジだ。家名も一緒に覚えてくれると……」

「違う、そなたではない。そこの短剣！」

もどかしいとばかりにリアはヤーヒムの上着を脱がせて短剣を抜き取ろうとする。大衆の面前で若い娘に剥かれるのはさすがに勘弁願いたかったのか、ヤーヒムは「ちょ、ちょい待ちっ」と狼狽《うろた》えながら短剣を取り出して彼女に渡した。

リアは短剣をじっと見つめている。グランジ家に伝わる、灼熱《しゃくねつ》色に輝いて熱を発する剣。さきほど彼女はグランは「赤い竜だった」と言った。赤は火竜《サラマンデル》の色彩だ。

「まさか……」

グランというその竜がヤーヒムの祖先だということか。

貴種《ブルーブラッド》とは竜と人間の混血、すなわち竜を始祖とする一族のことだから、筋は通っている。

「つまり——あなたは始祖からして悪知恵ばかりが働く小物だったということですね」

「うるせえよ!!」

ティラナに身も蓋もなく言い切られて、ヤーヒムは思わず全力で喚《わめ》き散らしていた。

そのやりとりをクラウは呆然として見つめる。竜具とは竜の骨、すなわちかつて生きた竜の遺骸から作られていると知識としては知っていたが、その〝歴史〟を目の当たりにしたような気分である。

そして実感した。リアはまぎれもなく竜——はるか昔の種族の生き残りなのだ。

「それでリア、他に何か思い出せた感じはあるか？　自分がどういう竜とか……」

「……分からん。グランの顔は思い出せるが、あの場に他に誰がいたのかはさっぱりだ。もう少し考えれば出てくるかもしれないが……」

「いや、無理はしないでくれ。悪かった」

リアは愛らしい顔を混乱に歪めて今にも泣きそうな顔をしている。クラウは思わずその小さな身体を抱き寄せて、金色の頭をくしゃくしゃと撫《な》でてやった。

おそらく彼女はまだきちんと記憶を取り戻せたわけではないのだろう。

ただ偶然、昔と似たような出来事に出くわしたものだから、記憶の欠片をひとつ拾い上げることができただけで。

リアはクラウの腕の中でなおも古びた短剣をじっと見つめている。

「懐かしいな。なんだか、まだグランの魂がこの骨に残っているようだ」

「そうか……」

「うむ。『おお子孫よ、言い負かされるとは情けない』と言っているような気がする」

それはリアの幻覚なのか、本当に骨にまだ魂が宿っているのかどうかは分からないが。

「……そうかい」

ティラナが吹き出し、遠い遠い先祖にダメ出しされたヤーヒムが思わず遠い目をした。

＊＊＊

翌日、クラウたちはふたたび女性の屋台を訪れた。

「昨日は間一髪でしたね。俺たちも肝が冷えました」

　クラウが声をかけると、女性は一瞬だけ強張《こわば》った顔をしてから頷く。

「もしかして、昨日のあの馬は……」

　女性がおそるおそる尋ねてくるのにクラウたちは曖昧な笑みだけで返した。インヴォルク家が治めるこの街では口にしない方が良いこともある。

「けれど、しばらく街で商売するのはやめた方がいいんじゃないですか。ロード・イルセラントはともかく近衛兵には顔を覚えられたかもしれませんし、後から何か……」

「ええ、わかってるんです。でも、これを売らないと生活できませんから」

　公城近くに暮らす貴族ならばともかく、村人はろくな蓄えもなくギリギリで生活している者が多い。一日でも商売を休めば餓死するしかないという恐怖は、クラウにも理解できる。

「今日もその串焼きをもらえますか。八本」

　昨日の倍だが大食らいのリアは食べられるだろう。ティラナには頑張ってもらいたい。

　じゅうじゅうと肉を焼く音を聞きながら、クラウたちはしばし女性と雑談する。

　なおリアは暇そうな男の子を抱き上げて一緒にきゃっきゃっと笑っていた。案外、幼児に懐かれやすい性格らしい。

「俺たちが住んでる街じゃあ、屋台って言えば……」

　こういうときに戦力になるのはヤーヒムである。庶民育ちの彼は話題に事欠かない。

「――そういや女将はどこの村からきたんだ？」

「フェイトン砦の下の……あたしたちはチェルマー村と名乗っているんですけど」

「へえ、俺たちもこの間そこの砦を通って来たぜ」

「あなたたちも外の人なんですか。確かに、あまり見ない感じの服だと思いましたけど」

こちらの素性をごまかしつつ、当たり障りのないところからさりげなく話を進めていき、

「そういやうちの村で最近、妙なナリの連中を見かけることがあってな。何だろうってこいつらと話してたんだが、女将のところはどうだ？」

「そうですねえ。変な、というほどのことはないんですけど」

女性は少し困った顔をしてから、声を落として続けた。

「隣の村に昔からある鍛冶屋があるんですけど、最近ずっと店を開けてないんです。お爺さんは中にいる気配があるのに。変だなと思ってたら、……昨日、そこに見たことのない人が三人くらい来てたって話で」

もしかしたら別の村の知り合いかもしれませんけど、と自信なさげに女性は付け加える。

横で聞き耳を立てていたクラウはヤーヒムの社交性の高さに内心で舌を巻いた。

会ったばかりのよそ者に馬鹿正直に身の上話をする者など滅多にいない。相手が何者でいつ盗賊に化けるとも分からないからで、だからこそ話を聞き出すのは難しい。女性が警戒心を解いてくれた機を逃さず切り込んでいくしかない。

「その変な奴ってのはどんなだった？　平服だけど兵士っぽい動きをしてたりとか」

そこで初めて女性が怯えた顔を見せた。

作業する手を止めてクラウたちを交互に見つめる。

「なに、別に誰にも言いやしないさ。今日のことは何にも」

「……あなたたち、何のつもり……」

「女将、その串焼きをあと十本だ。焼きながら何をぼやいていようと、独り言なんて誰も聞きやしないし、覚えてもいねえよ」

ヤーヒムが冗談めかして笑うが、女性の強張《こわば》った顔は当然ながら緩まない。女性からすれば、助かったかと思えばいきなり脅されたかのような気分だろう。

重苦しくなった空気を変えたのは、男の子と遊んでやっていたリアだった。

「案ずるな、夫人。我が王は決して約束を違えるようなことはせぬ。ゆえに〝そなたとそなたの子を守る〟とさえ誓わせれば良い」

どうやら男の子と遊びながらこちらの会話も聞いていたようであるが、理屈になっていないというか、女性にとっては意味も分からないだろう。だが男の子を抱きあげながら堂々と語る姿には不思議と迫力があった。

「…………」

女性が目をぱちくりとさせるのを見て、クラウはしみじみと考える。

リアはクラウのことを王、そして自身を玉座と称したが、言葉だけで人を動かす彼女の方がよほど王のようだ。

リアの言葉に女性は大きくため息をついた。

「ええ……おっしゃるとおりです。知らない顔だし畑仕事をしてる感じがしないから、どこかの貴族さまの家の人じゃないかって叔母が言ってました」

困った顔で、小さな声ではあったが、やがて女性は続きを語ってくれた。

「言いにくい話を、ありがとうございました」

クラウは深々と頭を下げる。

怒るに怒れないといった顔で、女性はクラウたちの顔を複雑そうな顔で見つめていた。

「……いいえ。昨日、あたしたちを助けてもらったのは本当ですから」

そこまで話したところでちょうど肉が焼きあがった。

リアの腕から母親のもとへと帰ってほっとしている男の子の、小さな頭をヤーヒムが横からぐしゃっと撫《な》で回している。

「坊主、これからは母ちゃんを困らせるんじゃねえぞ。ちゃんと言うことを聞いてな」

「……あなたがそれを言いますか、先祖を嘆かせたあなたが」

脅し同然に情報を引き出していたヤーヒムに、ティラナが呆れ返った目を向けていた。

女性に礼を言って屋台を離れ、肉を食べながらしばし無言で大通りを歩く。

ようやく五本ぶんの串焼きを完食してから振り返ると、ヤーヒムとティラナは揃って険しい顔をしていた。おそらくクラウ自身も似たような表情になっているだろう。

「あの夫人、鍛冶屋と言っていましたね」

「ああ」

声をひそめて会話する。

ヤーヒムが手に入れた地図には市街地の見取り図と、壁外の村まで含めたものがあった。あの女性が住むのがチェルマー村、怪しい連中が現れたのがその隣のミングス村。少なくとも位置関係は合っている。

近年骨から新たに竜具が作られることは滅多にないが、竜具の手入れは鍛冶屋の仕事だ。

だが貴族御用達の鍛冶屋は街の一等地に工房を構えているものだ。壁外の村の鍛冶屋に領主《ロード》の使いらしき者が出入りしていたというのがまずおかしい。

そんな真似をする必要があるとしたら、よほど人目に触れないように進めさせたい作業がある——人目を忍《しの》ぶ作業の隠れ家として使っているのだ。

「それにしても鍛冶屋ですか。こりゃあ……」

「ああ。……これは剣の可能性が高くなったかな」

クラウは苦り切った顔で呻《うめ》いた。

何百年も前に失われていた剣が今になって見つかるなどと、素直に信じられる話ではない。

しかも、よりにもよって〝王位継承の剣〟の可能性もあるときた。正妃やマクシムがそんなものをでっち上げる理由を考えると気分が暗澹《あんたん》としてくる。

「ずいぶん前に骨が見つかったのを、今になって加工させているとか……」

「だったらまだ平和なんですがね。楽観的な予想はやめましょうや、殿下」

「……そうだな」

これまでの人生でそんなものが役に立ったためしはないのだ。

もしもこのイルセラント領で見つかったのが竜の骨であったなら、街の噂は「貴族様が何か掘り返しているらしい」であったろう。発掘してから加工までに時間がかかった可能性はむしろん捨てきれないが、それよりは〝王位継承の剣〟について鍛冶屋に何かやらせていると考えるほうが自然である。

「一度、そのミングス村の鍛冶屋に行ってみるしかないか」

空振りに終わる可能性も高いが、とにかくやっと見つけた手がかりには違いない。

言うと、ティラナとヤーヒムは難しい顔をしながらも頷いた。

クラウとて危うい賭けなのはわかっているが、現状この情報しか手がかりがない。

それに、クラウにはもうひとつ手札があった。

「リア……？」

おそるおそる声をかけると、彼女もまた珍しく渋い顔をしていた。

「悪いが、一緒にミングス村まで行ってもらえるか。鍛冶屋でもし本当に剣が見つかったら、どういう竜なのか教えてもらえると……その、助かる」

クラウは気まずい顔でぼそぼそと口にする。

「ロード・イルセラントの配下を捕まえて話を聞き出すのは危険すぎるし、そこで本当に竜具か骨が見つかったら、足止めされる前にイルセラント領を出て一気にガラティアまで戻る。なるべく手間はかけさせないようにするから、頼む」

リアはヤーヒムの短剣を見て「火竜《サラマンデル》のグランだ」と言い切った。

記憶の有無にもよるのだろうが、リアは竜具を見て素材となった竜の素性をある程度読み取れるようだ。それが彼女の言うとおり魂の名残なのか、また別の竜の能力なのかははっきりしないが。

「もしも、……君が辛いなら無理強いはしないけど」

竜具とはリアにとっては同胞の遺骨に他ならず、人間が遺骨を好き勝手に加工するのを見て楽しいわけがない。リアの心情を思えば無理強いはできない。

「妾《わらわ》は昔のことを覚えていないが」

クラウの訴えにリアはふう、と息を吐いた。

「そなたらは『かつて竜は人間を守った』と言うではないか。死してなお使命をまっとうできるのであれば、きっと悪いことではないのだ。妾《わらわ》もそう思うし、そこのグランも言っている。まあ『もう少し大切に扱え手入れしろ』とも喚《わめ》いているが」

リアはちらりとヤーヒムの懐の短剣に目をやり、ヤーヒムが苦笑いした。

「しかし、あの赤毛の男のような下衆に辱められるのは許せぬ。あやつらの元から骨を取り返す手伝いならばしてもいい」

それに、とリアはクラウをじっと見上げた。

大きな紅玉《ルビー》の瞳に自分の顔を映して、クラウはごくりと息をのむ。

「王のために妃が力を貸さぬなどということがあるか。いちいち面倒な理屈を付けずとも、そなたはただ妾《わらわ》に頼めばよい！」

その愛らしい顔は見るからに不機嫌そうである。

それは骨の鑑定役をやらされることより、クラウが己をすぐに頼らなかったせいだ。

「悪い……じゃなくて、ええと、ありがとう」

「うむ」

頭を下げる。そこでようやくリアは笑ったのだった。

第四章　呪われた世界の王冠の行方

翌々日、クラウ小隊はイルセラント市の外にあるミングス村までやってきた。

一日空いたのは、クラウがダニシュに呼び出されてあれこれ問い詰められていたせいである。その間にヤーヒムや部下たちには市街地で調査を続けてもらったのだが、女性の言葉の裏付けは取れなかった。少なくともミングス村に鍛冶屋がいることだけは確かなようだが。

とはいえ、まず城壁の外に出るまでがまた一苦労だったのだ。

マクシムは市内を好きに歩き回る許可をくれたが、さすがに「壁外に出る」と正直に告げても禁止されるか、監視を付けられるだろう。そこで城壁の砦に寄宿していたのを利用して、一度市街地に出たふりをして外に抜け出すという小細工をする羽目になった。

「ここかな……？」

「でしょうな。ほれ、看板がありますし」

クラウとヤーヒムは顔を見合わせて頷いた。

「我が王よ、看板とはあれのことか？」

「ん？　ああ。金槌《かなづち》の絵があるだろ、鍛冶屋の看板にはああいうのを掲くんだ」

「ふむ？」

説明してもいまいち腑に落ちないらしく、リアは首を傾げている。

「……それにしても、あまり気分のよいものではありませんね」

隣では、ティラナが珍しく不快そうに眉をひそめていた。

牛舎の陰や家の木窓からいくつも不審げな視線が向けられているのが分かる。

閉鎖的な地方の村の住人がよそ者を歓迎しないのはよくある。だが、それも善《よ》し悪《あ》しだ。

「こればかりは仕方ないな。おかげで俺たちもこの鍛冶屋を突き止められたようなもんだし」

クラウは肩をすくめた。

訪れたミングス村は先日の戦闘で助けた村と同じく砦近くに作られた集落だった。

壁の外の丘陵にかけて畑や牧草地が広がっており、そこで耕作を行う人々が集まって暮らしているようだ。村の周囲にはぐるりと柵があったが、余裕がないのかあちこち壊れている。

王領であれ貴族領であれ、村には一軒か二軒、農具や馬具の手入れを請け負う鍛冶屋があるものだ。ミングス村のこの鍛冶屋もそのひとつで、腕がいいからと近隣の村からわざわざ頼みに来る農夫も珍しくないとのことだった。

だが人々の暮らしに根付いていたはずの鍛冶屋は、今ひっそりと静まり返っている。

「すみません、チェルマー村で〝赤鼻の爺さん〟がいると聞いて来たんですけど……」

赤鼻とは女性から教えてもらった、老いた鍛冶屋のあだ名である。

しかし、クラウが何度か扉をノックしてみても応答はなかった。

「留守なのではないか？」

扉はぴったりと閉められているし、鉄を叩く音も火炉の熱も伝わってこない。炉の火を落としているということは、この鍛冶屋が営業しなくなってしばらく経つということだ。

「いいえ、それはないはずです。……中に人の気配があります。間違いありません」

つまらなさそうなリアの言葉を、ティラナが険しい顔で打ち消した。

人の気配に敏《さと》いティラナが言うのであればそうなのだろう。つまり、じっと息をひそめて来訪者……クラウたちが諦めて立ち去るのを待っているということになる。

「このまま待ってても入れてはもらえないだろうなあ……」

「ま、そうでしょうな」

ヤーヒムが肩をすくめて、目だけを動かして左右を見やった。

市街地では三班に分かれて行動していたが今日は部下全員を連れてきた。いずれも武装済み、ティラナもドレスの上から細剣《レイピア》を吊《つ》った帯を巻いている。

この鍛冶屋には戦闘能力の高いクラウたちが当たり、他の部下はいずれも村人と似た格好で村内や街道の見張りに当たらせてある。万が一、鍛冶屋（推定）にこの工房から逃げ出されても確保できるだろう。

「仕方ないか」

クラウは腹を括《くく》った。

もとより胡散《うさん》臭い陰謀の調査だったのだ。最後まで穏便に行くわけがない。

すうっと息を吸って声を張り上げ、

「この中にいるのはわかってるんだ！　今すぐに扉を開けろ、さもなくば……」

口上を述べると同時にヤーヒムが体当たりして扉ごと鍵をぶち壊した。ティラナが「せめて応答を待つべきではありませんか」と呟《つぶや》いていたが、男たちはしれっと無視する。こういうのは勢いが大事なのだ。

「ちょ、ちょっと待て!?」

案の定、扉の奥から慌てたような声が聞こえてきた。

「悪いな主人、返事がないから留守かと思って」

「返事がないんだから留守に決まっているだろう！」

男の叫びは正論だったが、クラウたちは我に返られる前に素早く小屋に滑り込んだ。

屋内にいるのがこの男一人であること、そして入口が一箇所しかないのを確認。ティラナが扉の前に陣取り、ヤーヒムが「いつでもお前を殴れるぞ」とばかりに男の真横に立つ。

そしてクラウはリアを伴って真正面に立った。

「何なんだ、何だ、お前たち……！」

狼狽《ろうばい》して喚《わめ》き散らす男は、四十過ぎのさしたる特徴もない男だった。

だが女性に聞いた〝赤鼻〟なる老鍛冶屋とはまったくの別人だ。

立ち振る舞いを見ればその人物のおおよその身分や出自は判別できるし、特にクラウは王城暮らしで人間観察には長けている。庶民の服を着ているが妙に真新しく、そして荒事には慣れていない……まあ学者肌の貴種《ブルーブラッド》といったところか。

「こんなことをしてただで済むと思ってるんだろうな、俺は大公閣下の……」

「……へえ」

クラウは皮肉げに笑い、ヤーヒムとティラナは早くも呆れ顔だ。

「俺はロード・イルセラントから、領内で自由に振る舞ってよいと許可を取ってるんだ」

「そんな、まさか……！」

そこで感情をそのまま顔に出してしまうこの男は、貴族にしてはお粗末だった。

大公とは領地貴族が保持する爵位《タイトル》である。いきなり不審者が怒鳴り込んできたとはいえ、あっさりマクシムの名前を出してしまうのはあまりにいただけない。

マクシムが元々ここに住んでいた老鍛冶屋に金を積んで工房を譲らせたのか、永遠に口封じしたのか分からないが……わざわざそんな面倒な真似をしたからには、よほど他者に知られたくなかったのだろうに。

「そんなこと閣下が言うはずが……そもそも貴様、何者だ!?」

「言葉を慎みなさい。本来であれば貴様のごとき身分の者、お顔を仰ぎ見ることすら許されないのですよ。――このお方こそは恐れ多くも国王陛下のお子であらせられるのですから」

ここぞとばかりに、ユーリウスから預かったネックレスを掲げて謳ったのはティラナだ。

身分証代わりに嵌《は》め込まれた竜の骨片が陽光を反射して鈍く光る。

「王子……そんな、何でそんな奴がここに!?」

反対に男は悲鳴のように叫んだ。

もっともティラナは「第三王子」とまでは言わなかったものの、王都の事情に通じていればクラウの素性は類推できただろう。男が動転して冷静さを失っているらしいことは、クラウにとっては助かる。

「のう、主人」

追い打ちとばかりに、黙って推移を見つめていたリアが口を開いた。

「そこの奥の部屋の戸棚にある剣、いったい誰のものだ？」

彼女の言葉に男はもはや卒倒寸前といった顔色だった。なぜ戸棚を開けずに中身を言い当てることができるのか、化け物にでも会ったかのような気分だろう。

「……やっぱり剣か」

「ここまで近づけば見ずとも分かる。……だが」

顔を強張《こわば》らせるクラウたちに対してリアは見るからに不快そうだった。

男が口をぱくぱくさせるばかりで動けそうもないので、クラウはリアに目配せする。

リアはうんざりした顔でため息をひとつつき、奥の部屋で戸棚を開けて何やら取り出した。

「確かに剣だな……」

「ですな……んー、何だありゃ？」

「確かに剣ではあるが、グランの短剣とはまったく別のものだな」

リアが重そうに剣を鞘から引き抜いてみせた。

鍔や柄の握りといった装飾品を取り付けるところだったようで、刀身には細工が施されているものの、まだ柄や鍔はなく握りの部分に革紐が巻かれている。鞘も急拵《きゅうごしら》えの革製だった。

少しざらついた白色の刀身は竜具特有のものだし、竜の気配も感じ取れる。だが竜であるリアが言うからには、ただの竜具というわけではないはずだ。

「ふうん……」

「わ、私は何も知らない！　私はただ大公閣下から小屋を預かるよう命じられただけだ！」

クラウ一行に剣呑な顔で睨みつけられ、男はがたがた震えながら後ずさった。

これでは話を聞き出すのは苦労しそうだ……が、クラウとしては別に後回しで構わない。この工房にリアを連れてきた時点で調査はおおむね達成されているのだ。

「リア」

「確かに同胞の骨は組み込まれている。ただし刃ではなく、この箇所だが」

彼女がこつんと叩いて見せたのは、刀身の鍔元の装飾部分だった。

いくつか金細工や小さな宝石が嵌《は》め込まれており、その上にさらに鍔といった拵《こしら》えを取り付ける予定だったようだが、

「ってことに、その刃に……」

「似せてはあるが、竜ではなく他の動物の骨だな。よくもこんな細かい細工をしたものだ」

リアは怒り半分、呆れ半分といった顔だった。

ということはこの剣は、竜具であっても腐れ神を斬る役には立たないということだ。

竜具は必ずしも武器ばかりではなく、橋やそれこそ竜基《スタバティア》など様々で、どれも人間がこの世界で生きていくのに不可欠なものだ。だが剣に偽装した竜具の使用法などきわめて限られる。

そして、答えなど最早ひとつしかない。

「お、あったあった」

そこで戸棚をごそごそと漁《あさ》っていたヤーヒムが声を上げた。

戸棚の下の引き出しには金属加工用の工具や作りかけの細工がいくつも入っていた。男が装飾まで行う予定だったのか、金細工の職人も工房に出入りしていたのかは分からないが。

ヤーヒムはその中から小さな金色の部品を摘《つま》み上げてクラウたちに見せてきた。

どうやら柄尻に嵌《は》め込む細工のようで、表面には小さく紋章も彫り込まれている。

「それって、ガラティア王家《ウ　チ》の……！」

「まったく、こんなにわかりやすいなんて」

ティラナが呆れ返ってため息をついていた。

宝冠の紋章は国王のみが使用できるものである。よりにもよって直系王族の目の前でそれを発見されてしまったとあって、男は青ざめた顔でクラウから目を逸らす。

「さて。……そろそろ話を聞かせてもらうか」

クラウが男に水を向けると、びくっと肩を震わせた拍子に壁に肩をぶつけていた。

「いろいろ聞きたいが……そうだな、名前から教えてもらうか。このままだと話しづらい」

「ル……ルパート・ローヴァー」

まるきり警備隊の詰め所で行う尋問である。クラウ小隊は壁の外での化け物退治ばかりで、市街地の治安維持に当たったことはないのだが。

「ルパート殿。まず、あなたはロード・イルセラントに仕えているのか？」

「わ、我が家は代々イルセラント城の書庫の管理を任されている」

「じゃあ、なんでロード・イルセラントはあなたにそこの竜具を任せたんだ？」

「僕は昔から竜に関する文献を整理していて、そこで目に止めていただいて……」

学者肌と思ったのは間違いではなく、たまたま竜に詳しかったためにマクシムに引き抜かれたようだ。そうであれば荒事や腹芸にはとんと無縁できただろうし、脅されていきなり自白しても致し方ないことではある。

「なるほど。——これは王家にインヴォルク家から届けが出ている剣ではないんだな？」

「……はい」

「あなたがこの剣を作った後、ロード・イルセラントはどうするつもりだったんだろうな？」

「そ、それは……」

ルパートは一瞬だけ口籠もるも、

「話はさっさと進めたほうが、俺たちも、あなたにも良いと思うけどな」

クラウが言うと同時に、二つ、かちゃりと剣帯の金具と鍔がぶつかる小さな音がした。

ヤーヒムとティラナが同時に柄に手をかけたようだ。武芸には無縁のルパートもこれに気づかないほど鈍感ではなかった。

「ひっ⁉　た……確か、王都に運ばせる、と」

「へえ。父上の紋を騙《かた》った剣をか」

王族《ノーブルブラッド》のクラウに言われて、ルパートはまたぎくりとした顔で俯いてしまった。

クラウは考え込む。ルパートは「作って」という言葉を否定しなかった。もしもマクシムが本当に失われていた王位継承の剣を発見したというのであれば、この言い方は当てはまらないはずだ。

これは、ユーリウスの懸念はほぼ正しかったと見て良いのだろう。

マクシムと正妃は王位継承の剣と称してこれを王城で披露するつもりだったわけだ。わざわざ竜の骨まで埋め込んだのは貴族たちに「竜具ではない」と疑われないためだろう。

「リア。……その剣に埋め込まれてるのは、誰の骨だ？」

「すまぬ、我が王よ。さすがにこんな欠片では、はっきりと魂を感じ取れないようだ」

「そうか……」

「だが、ひとつ分かることはあるぞ」

「本当か！」

続く言葉にクラウは目を輝かせ、ルパートははふたたびよろめいた。

「こやつは片割れを求めている。小さく割られて己を思い出せなくなっても、まだ」

悲しげな物語であるが――クラウたち人間には、その説明で思い当たるものがあった。

竜具には他の竜具と合わせて動かすものがいくつかある。身分証にして領地を跨《また》ぐ〈橋〉の鍵となるネックレス、あるいは組み合わせることで本来の性能を発揮する竜具などだ。このような細工が施される理由は身分証明だったり、強大な力を迂闊に振るわないための安全装置だったりさまざまだ。

そうした竜具を作るには一体分の骨を分割したり、あるいは夫婦や親子など縁のあった竜の骨を用いる。

ただ、それは亡くなった竜の想いを人間の勝手な都合で再利用しているということだ。

リアはあまり表情を変えなかったが、クラウたちは揃って気まずい顔をした。

「そなた、ルパートと言ったか。……こやつの片割れはどこだ？」

リアの問いに、クラウたちもはっと目を見開いた。

竜具に偽装するためだけなら、わざわざ一対の骨を埋め込む必要はない。ただの偽物の剣というだけではなく、何か別の機能があるはずなのだ。そして工房に入ってすぐにリアが指摘しなかった以上、片割れはおそらくこの場所にはない。

それこそが剣の正体、そしてマクシムの狙いのはずだった。

「選びなさい」

ティラナが絶対零度の声を発した。

「一介の領主《ロード》と、第三王子と、あなたはどちらの命令を優先しますか」

ティラナは女官の服装をしているので、本来であれば貴種《ブルーブラッド》のルパートは素直に言うことを聞かなかっただろう。だが彼女も本来は王都の令嬢であるし、何よりその迫力は男はおろか今はヤーヒムですら思わず身を震わせている。

「よもや、我が王の命が聞けぬとは言うまいな！」

「ごめんリアちょっと黙っててくれ」

さきほど働いてくれたところを悪いがクラウは慌ててリアの口を塞《ふさ》いだ。

「この工房はすでに俺の部下が包囲している。王族《ノーブルブラッド》、それにここにいる者たちも貴種《ブルーブラッド》の家柄、下手な抵抗はあなたの罪をさらに重くするだけだ」

「…………」

クラウたちにじっと見据えられて、ルパートはじりじりと摺《す》り足で後ずさる。

ヤーヒムがいつでも飛び出せるように両脚に力を込め、ティラナは腰の細剣《レイピア》をなかば抜きかけている。クラウとて暴れようとする男をみすみす見逃すような鍛え方はしていない。

——そこで。

「ん……？」

リアの抱えている剣、その刀身に嵌《は》め込まれていた石がちかっと光ったようだった。

一瞬、目の錯覚かと思ったほどだ。だが目を凝らしてもう一度見てみたところ、光は名残惜しげに点滅を繰り返してすうっと消えていった。

「何だ……」

「——!?」

すさまじい反応を示したのがリアだった。

まるで全身の毛を逆立てる猫だ。彼女は紅い両目をきっと吊《つ》り上げて、反射的にか抱えていた剣を床に叩きつけた。だが偽装とはいえ骨と金属で拵《こしら》えた剣をそれでへし折ることはできず、土間にけたたましい音を立てただけだった。

「リア!?」

「……『妻が来た』と言っている」

クラウはその言葉を理解するのに数秒を要した。

つまり、骨の欠片に残る魂がようやく伴侶を見つけたと歓喜しているのだ。それを人間の都合に翻訳すれば、対となる竜具が発動したということだろう。

だがそれにしてはリアの態度がおかしい。

わけもなく同胞の遺骸を乱暴に扱うわけがない。たとえ記憶がないとしてもだ。

「でも何で光ったんだ、君は剣に魔力なんか流してないよな……？」

「殿下あんたアホですか、どこかでもう片方を使われたってことでしょう」

「クラウ様にアホとは何ですかアホとは！」

ここでも説教を忘れないティラナはある意味立派ではあったが、今は気にしていられない。

リアは剣を床に放り投げたままクラウの側まで駆け戻ってくる。

そしてクラウたちの会話を聞いていたルパートは、蒼白からさらに血の気が引いて、棺《ひつぎ》の死者もかくやと言わんばかりの真っ白な顔になっていた。

「まさか、ここに……僕がいるのに……ッ!?」

「おい、待て！」

ルパートの、その瞳孔がきゅっと収縮した。

クラウたちに囲まれていることなど忘れたかのように、脇目も振らず入口から外に飛び出そうとした。ヤーヒムがとっさに後ろ襟を掴《つか》んで引き戻したがなおも無我夢中で両腕を振り回している。

「おい、ちっとは落ち着けって……」

成人男性が全力で暴れているものだからヤーヒムでも取り押さえるのに精一杯だ。

そして、ルパートがここまで怯えるということは。

「…………」

肌がちりちりするこの感覚をクラウはよく知っている。城壁の砦に放り込まれてからというもの、幾度となく経験して来たものだ。だが、それは不定期に襲ってくるもののはずで、予測できるのは竜基《スタバティア》を預かる領主《ロード》だけのはずだった。

「あっ、おい！」

一瞬の隙をついてかそれとも火事場の馬鹿力か、ルパートはヤーヒムの腕を振り払うなりティラナを巻き込んで扉に体当たりした。さきほど体当たりを食らわせた扉は吹っ飛んでしまい、ルパートはなおも転がるように外に出ようとする。

「――ギャアアアアァアァッ!?」

屋内にいたクラウは、その瞬間を目にすることはできなかった。

ただ断末魔の悲鳴と、一瞬遅れて流れ込んできた濃い血臭を感じただけだ。

「……な」

「ちょっと待て!?」

それでもティラナはとっさに薄刃のナイフを抜いてクラウの前に立ち、ヤーヒムは短剣を腰だめに構えながらゆっくりと扉を押した。さきほどは見えなかった光景がそれで露わになる。

扉の目の前には、胸から腹を何かに貫かれて即死した男の遺体。

村人の悲鳴、そしてクラウにとってはある意味、馴染みのある化け物どもの姿だった。

＊＊＊

クラウ一行の鍛冶屋での問答から、二日ほど遡《さかのぼ》る。

イルセラント市の中心に建つ公城の最上階で、マクシムは虚空に向かって話しかけていた。

「鍛冶屋、工房……ガラクタどもはそう言っていたか」

「………………」

「ちっ、下賤《げせん》の者どもめが。誰のおかげで自分たちが生きていられるのかも忘れて、税を渋って文句だけは一丁前で、挙句にあの売女の落とし子なんぞにべらべらと喋りおって!」

よほど苛《いら》立っているのか領民への罵倒も混じっている。

公城の執務室には先日と同じくダニシュも控えていたが、彼は少し怯えた顔で……しかし荒てることはなく伯父の言動を見つめていた。つまり、よくあることなのだ。

「どうせ物見遊山がせいぜいだろうと高をくくったのが裏目に出たな……」

「と申しますと、連中はあの村に辿り着いたのですか」

「貴様にこの私まで恥をかかされたのと引き換えにな！」

マクシムは執務机をどん！　と拳で叩いた。

クラウたちの市街地での言動をマクシムは完璧に把握していた。彼らは三班に分かれて行動していたが、そのいずれについてもである。

この能力があるがゆえに、マクシムはクラウたちに監視を付ける必要がなかったのだ。

「他には何と言っていた？……ふむ」

しばし考え込むマクシムを、ダニシュはびくびくと脅《おび》えた顔で見守っている。

「伯父上……連中のことですから、明日にでも例の鍛冶屋に向かうかと」

「わかっておるわ。であるから、今その始末を考えておるのだ」

伯父の言葉にダニシュは唇の端を引きつらせた。それは「始末」の一語があったためか。

やがてマクシムは顔を上げ、まずはダニシュに命じた。

「ダニシュ、リナウンに命じて〝あれ〟に点火させろ」

「あれと言いますと、……今からリナウンをミングス村に向かわせるのですか」

自分の甥ではあるが、マクシムはダニシュの察しの悪さに思わず天井を仰いだ。

「違う。ルパートめは剣を使えと言っても怖《お》じ気付くに決まっているだろうが。もう片方だ」

「もう一方……」

ダニシュは目を丸くして呟《つぶや》いている。あの竜具はどちら側から作動させても動くように作らせたから、マクシムの指示はさほど難しいものではないはずだ。

「ですが、それではこれまでの準備がすべて無駄になってしまうことになりませんか」

日陰者の研究者だったルパートを拾い上げ、わざわざ目立ちにくい市外の村の鍛冶屋を接収してまで進めさせた作業がすべて台無しになってしまう。ダニシュの言うとおり、その仕掛けは本来、ガラクタと蔑まれる王子などに使う予定ではなかったのだ。

「構わん。あのガラクタが首を突っ込んでくるなら、それを逆に利用するまでよ」

「は……」

ダニシュは瞠目した顔でマクシムの説明の続きを待っている。

「どうせガラクタはユーリウスめの命令で来たのだ。ならばガラクタの不始末を盾にユーリウスを揺さぶってやればいい。……明日、ガラクタどもが砦を発ったらすぐに荷物を検《あらた》めろ」

「は、はい！」

クラウはユーリウスの名を一切出さなかったが、そもそも〝ガラクタ王子〟が自身の裁量で動けるわけがなく、他領を訪れたこと自体がユーリウスの関与を示している。旅費の出所なり何かしら証拠は見つかるだろう。

満足そうに語り終えたマクシムはふと、うるさそうな顔で中空を見つめた。

「何？　大きな被害が出る？　そんなことは承知の上だ」

しっしっと何かを手で払いのけるような仕草をする。もっとも彼の話し相手の姿は見えず、そもそもこの部屋にはマクシムとダニシュしかいない。

「くどい。この私が決めたことだ、貴様がとやかく言う筋合いはない！」

椅子を蹴るようにして立ち上がりながら、マクシムは言い聞かせるように呟《つぶや》いた。

「私がこのイルセラントの領主《ロード》なのだぞ。自分の領地を好きにして何が悪い」

＊＊＊

腐れ神とは〝外〟からやってくる脅威だ。

領内の土地は常に竜基《スタバティア》で浄化されており、腐れ神が発生することはない。腐れ神は領地の外で発生し、人間を滅ぼすべく領内に侵攻してくるので、どこかで殲滅しなければならない——というのが原則だ。

そして、領内のどこに腐れ神が侵入したかを竜基《スタバティア》は探知することができる。

領主《ロード》は竜基《スタバティア》からその情報を受け取って竜騎兵に迎撃命令を下す。各所に砦を構え、城壁を築き、なにより広い領内において出現箇所を正確に把握できるからこそ、今まで腐れ神の脅威に曝《さら》されながらも人間は生き延びて来られたのだ。

例外は実はガラティア王領で、国王が臥《ふ》しているため情報を得ることができない。王都の砦でクラウたちがしょっちゅう仮眠から叩き起こされて戦いに駆り出されていたのも、迎撃が後手に回らざるを得なかったからだ。

とはいえ、ここは領主《ロード》が健在のイルセラント領である。

腐れ神の進路上にある村々には普通、事前に避難命令が出される。襲撃そのものは避けられないにしても、村人が泡を食ったように逃げ惑う……そしてそれを腐れ神が追いかけるような事態は、まず起こらないはずだった。

このミングス村は、丘陵に広がる畑に柔らかな陽射しが降り注ぐのどかな村だった。

だが今は村人の悲鳴とバケモノの鳴き声が響き渡る、悪夢の一場面へと一変している。

「何ですか、これ……」

畑から村にかけて大地に亀裂が何本も走っている。

先刻までこんなものはなかったはずだ。見つけていたなら鍛冶屋に殴り込むよりも先にこちらの調査をしたに決まっている。

思わず声を上げるティラナは、自分に迫り来る爪に反応が遅れた。

普段の彼女であれば危なげなく避けただろうが、今は鍛冶屋から回収して来た偽装の剣を抱えている。証拠を確保しておいてくれたことはありがたいが、そのために危機に陥られては本末転倒だ。

「ティラ……」

「……っと！」

彼女の上げた声は、竜の骨と爪がぶつかり合う音に掻き消された。

亀裂から飛び出してきた腐れ神を、とっさにヤーヒムが短剣を抜いて横から叩き落としたのだ。彼はすぐさま返す刃で腐れ神にトドメの二撃目を食らわせた。

赤々と輝く刃に貫かれ、腐れ神はどろどろと崩れて溶けていく。

「あ……助かりました」

「いいってことよ。これで貸し一つだ」

ティラナは腰に吊った細剣《レイピア》を抜きつつ、クラウの側まで駆け寄ってきた。彼女の役割はクラウが接敵されたときの護衛である。

「あの獣は、この間も見た奴だな？」

「だな、モグラだ」

眉をひそめるリアにクラウは頷く。

目の前で崩れ去った腐れ神には既視感があった。先日に助勢したときと同様、モグラを模しているのだ。実物よりだいぶ大きいのも同じで、太い前脚と大きな爪、下手をすれば体長二メルトルにも及ぶ巨体ときている。

「ひっ――……」

視界の向こうで、老婆の振り絞るような悲鳴が聞こえた。

大型犬ほどのモグラが前脚を振り上げて正面から体当たりした。鋭い爪が細く萎《しぼ》んだ身体に大穴を開けて、老婆はひび割れた地面に血を撒き散らしながら倒れる。

クラウにもヤーヒムにも手の伸ばしようもない、一瞬の出来事だった。

ルパートもおそらく同じようにやられたのだろう。

「……我が王よ」

「…………」

リアの呟《つぶや》きにも、クラウはきつく唇を噛むしかなかった。

村のそこかしこで同様の惨劇があったのだろう、のどかだった村のそこかしこに血だまりと遺体が散らばっている。モグラが走り回った跡、切り裂かれた痕がいずれも緑青色に爛《ただ》れているから腐れ神に殺されたことは明白だ。

だが感傷に浸っている暇はない。クラウは目を凝らして村を見渡す。

割れた地面、そして地中を掘り進むモグラ——となれば、

「こいつら、地下から出て来てる……？」

さきほどティラナに襲い掛かった一体は地中の亀裂から現れた。つまりモグラどもはイルセラント領の地中を掘り進んだ後、この村で地上に出て来たと考えられる。

「ロード・イルセラントの対応が遅いのはそのせいか？」

竜基《スタバティア》は領内をすべて把握しているはずだが、地下に潜られると限度があるのかもしれない。

少しずつ状況が見えて来たが、今は考え込んでばかりではいられない。

「セヴァンの班は避難誘導を優先、クライドの班はこっちに来てくれ！」

顔を上げて、クラウは村じゅうに響く大声で叫んだ。

村の中には待機させていた小隊の部下たちがいる。彼らはすでに剣を抜いて腐れ神と斬り結んでいたが、竜騎兵たるクラウとヤーヒムが二人とも鍛冶屋の中にいたので足止めしかできなかったようだ。

声は届いたらしく、ばらばらに行動していた部下たちが駆け寄って来た。

「悪い、気づくのが遅れた」

「すぐに出て来てくれるもんかと思ったら、今日だけで三度は死にかけましたよ！」

部下に死傷者はいないようだ。まずはそのことにほっとする。

「セヴァン、とにかく村の奴らを掻き集めて砦まで護送しろ。ゴネられたら引きずってでも連れて行け、残ってたら後で俺たちが保護する！」

隣ではヤーヒムが手早く指示を出している。

城壁の砦は腐れ神の迎撃拠点であると同時に壁の外から避難民を受け入れる役割もある。本来〝村〟の人間は市内には入れないが、市場で商売をする場合は手数料を払えば滞在許可が出るし、腐れ神に襲われた場合は例外とされる。

そこでクラウは思いついたことがあって、ティラナに目配せした。

「ティラナ、お前は馬で先行して砦に報告してくれ。あと、その剣を頼む」

このミングス村から城壁のフェイトン砦までは馬を使えばそう時間はかからない。なぜマクシムの迎撃予告が遅れたのかは定かではないが、状況の報告は必要だろう。

「了解いたしました。ですが、クラウ様は……」

「大丈夫だ。リアも隊の奴らもいる」

ここで護衛役の彼女を離すのはクラウとて不安だが、平民である他の部下では砦に駆け込んだところで、すぐに話を聞いてもらえない可能性がある。貴族令嬢のティラナであればいざとなればゴリ押しで守備隊長《ダニシュ》を呼び出すこともできるはずだ。

「どうか、ご武運を」

ティラナはそれでも名残惜しそうだったが、すぐに踵を返して駆け出す。

「やっと妾《わらわ》の出番だな、我が王よ」

「ああ。――俺に力を貸してくれ」

工房でリアはずっと機嫌を悪くしていたが、ようやく晴れ晴れとした顔をした。腐れ神どもを斬り捨てて憂さが晴れるならば存分にやってもらいたい。

クラウの手に収まった〈リア・ファール〉は、偽装の剣とはまるで違う白銀の輝きだ。

竜具とはこうあるべきだ――と、さんざん竜具を壊してきたクラウも思ったほどだった。

「しかし、数が多いな……」

『なんの。あのような薄気味悪いだけの雑魚ども、何体いようと妾《わらわ》の敵ではないわ！』

リアはやる気満々だが、先日に助勢したときの倍以上の数である。しかも砦から正規の兵が来るまではこの小隊だけで耐えなくてはならない。

手札になりそうなのは、王族《ノーブルブラッド》たるクラウの囮体質だが、

「こいつら……？」

これだけ人間が多いと標的が分散するのは仕方ないにしても、経験則からすれば七、八割はクラウに向かってくるはずだった。しかも今は〝生きた竜〟リアもいるのだ。腐れ神にとっては憎んでも憎み足りない二人組のはずだ。

だが亀裂から次から次へと現れるモグラどもにそうした指向性は見当たらず、やみくもに走り回っては近くの村人を襲っているような感がある。

むろんクラウにも向かってくるのだが、その数は全体の二、三割ほどだった。クラウの負担は減ったが、とにかく数を減らさなくてはならない今はきわめて不利だ。

「このっ……」

クラウが横薙《な》ぎに振るった刃は犬ほどの大きさのモグラをかすめるに留まり、その個体はクラウを脅威と見てか近くにいた村人に向かってしまった。慌てて追いかけて屠《ほふ》ったものの、これではきりがない。あまつさえ、

「やばっ……」

まだ若い部下が前後から二体のモグラに挟み込まれそうになっている。

駆け寄ったクラウが一体を斬り捨てる横で、部下はかろうじて身を捻って振り回された牙から逃れた。クラウはそのまま片足を軸に旋回してもう一体も斬り伏せたが、

「大丈夫か!?」

「大丈夫っす！……でも、このままじゃあ」

「わかってる。ジリ貧でそのまま終わりだ」

歯噛みしながら返す。

これまで小隊はクラウを囮にして寄ってくる腐れ神を順番に倒していくやり方をしていた。だが、こうも大量の個体にばらばらに動き回られると戦術が瓦解《がかい》してしまう。

小型を追い回して一体屠《ほふ》ったところで、クラウはちらりと村の柵のあたりを見た。

「俺たちは警備隊ですから安心してください」

「……だから怪しくねえって言ってんだろ、死にてえのかジジイ！」

部下が必死に村人をなだめながら誘導しようとしている。

小隊としては今すぐ危険な場所から逃げてほしいのだが、村人から見ればクラウたちは余所者であり、すぐさま信用できる相手ではないだろう。クラウが名乗れば良いのかもしれないが、王都ならまだしも貴族領で「第三王子です」と名乗ったところで疑われて余計な時間を食う可能性の方が高い。

「走れる奴はフェイトン砦まで自分で走れ、バケモンはこっちで足止めする！」

部下が叫んだが行動に移した者は多くなかった。

集まった村人の中には老人や子供も多く、村人たちは家族を見捨てて自分だけ逃げられないのだろう。となれば結局、小隊で保護しながら連れていくしかない。

「どうする……？」

自問する。

腐れ神は倒さなくてはならない。だが、なぜ化け物どもを屠《ほふ》るのかと言えば、人間を襲って殺そうとするからだ。ここは優先順位を付けなくてはならない。

「ヤーヒム！」

クラウは短剣を振り回しているヤーヒムを見つけて駆け寄った。

「取り込み中です、殿下！」

「だったら仕事しながら聞け！　村の人たちと一緒に、俺たちも砦まで退こう」

「確かにこのままじゃあ……っと、俺か殿下の体力が尽きたらそこで全員地の底ですな」

地の底とは神官が説く死後の世界、要するに全滅という意味である。神を殺してしまった人間が天の楽園に誘われるわけがないというわけだが、実際に地中から現れた化け物どもを相手にしている今はあまり笑えない冗談だ。

ともあれクラウの提案にヤーヒムも頷いた。

短剣を構えたまま村の中を見回しつつ、険しい顔で呻《うめ》く。

「さっきは、砦からすぐに増援が来るもんだと思ったんですがね」

「まだ見えないな……ティラナはもう砦に着いてる頃だと思うけど」

二人は揃って渋い顔をした。

フェイトン砦からこのミングス村までは徒歩で一時間ほど。さほど離れてはいないが、さりとて城壁の上から視認できるほどの近距離でもない。馬で先行したティラナがダニシュなり面識のある兵と交渉していると願うのみである。

「クライド、ダズ、村に逃げ遅れがいないか確認してきてくれ！」

「了解です、殿下」

村人たちはクラウたちにいまだ不審の目を向けていたが、隊の全員が砦まで同行すると説明したことでようやく納得したようだった。クラウたちが実際に何体もモグラを倒すのを見ていたらしく、また護衛役が増えるとなれば文句は言えないという風だ。

「何体あの化け物が出てくるか分からない、急ぐぞ！」

そして村人たちを加えた一行はようやく動き出した。

周辺の地理に詳しい壮年の者を先頭にして村人たちが隊列を組み、クラウたち戦闘班は彼らを囲うように後ろから進む。腐れ神が人間の群れを追いかけてくるのを待ち構えて迎撃したほうがやりやすいからだ。

「うわぁぁぁん、ぁあん……」

「お願いよ、いい子だから大人しくしていてちょうだい……」

異様な雰囲気を察してか赤子が泣き叫ぶのを、母親が必死にあやしている。

だがその母親も焦燥しきった顔で見ていられない。クラウは額にきつく皺を寄せ、ヤーヒムは特にやりきれない顔をしていた。

「きゃ……」

「そこ、退がっててください！」

村人の動きをこちらで統制できるのでさきほどよりは楽になったが、それでも動きの速いモグラどもを一体ずつ斬り捨てていくのは楽な作業ではない。

竜具持ちのクラウとヤーヒムはそれぞれ離れたところで戦っていたが、モグラを追いかけ回しているうちに後方で合流した。

「まったく、血糊が残らないのだけが奴らの美点ですな」

「確かに、砂なら払えばそれですむなっ……！」

『こら、もう少し丁寧に扱わぬかっ』

うんざりした顔のヤーヒムにクラウも同じ表情で応じる。

ついでにヤーヒムは短剣だし、〈リア・ファール〉も斬れ味に比して刀身が軽いのがせめてもの幸いだった。これが鋼でできた大剣であれば、あっという間に腕が上がらなくなってそこで終わりだったろう。

「ま、さっきよりは数も減って……減ってますかね？」

「分からない。そもそも村に散ってて数えてなんかいられなかったからな……」

モグラ一体あたりはさほど脅威ではないが、数が多い。しかも奴らは地中の亀裂から現れる上に片端から倒すしかなかったので、何体いたのか把握不可能だ。

「地中で分裂して増えていないといいんだけどな……」

「殿下を無視して地面に籠ってる奴がいるとしたら、たいした根性ですな」

軽口っぽく言ってみたがあまり笑う気にもなれず、二人は渋い顔を見合わせたのだった。

戦い慣れたクラウであっても、いつ終わるともしれない戦闘はひどく神経を削られる。

加えて村人たちを守らなくてはいけないのだ。ミングス村から城壁までは普通に歩けばそうかからないが、老人や子供を含む数十人の村人を連れての移動というのははひどく重労働だった。丘陵を削って造られたのどかな農道が、永遠の責め苦にも思えたくらいだ。

それでも砦に辿り着けば村人たちを保護してもらえるし、増援も得られるはずだ。

そう念じてどのくらい歩いたのか――やっと、明灰色の城壁が見えた。

「やっと着いた……！」

「助かったんだ！」

重苦しい雰囲気だった村人たちにわずかに希望の気配が生まれる。

クラウもほっとするあまり身体が重くなった気すらしたが、同時に額に皺を寄せた。

「とうとう増援は来なかったな……」

徒歩、しかも足の遅い村人たちが到着するほど時間が経ったのだから、ティラナはとうの昔にフェイトン砦に辿り着いているはずだ。通常であれば「腐れ神が発生」との一報が入れば砦からすぐに増援を出すし、今回のような場合は馬の使用も許可が出る。仮にフェイトン砦で対応できなくとも、イルセラント市の東西南北にそれぞれ砦があるはずだ。

だとするならば、何かがあったのだ。

「何があったんだ……？」

呟《つぶや》いたところで、クラウは背に思わず冷たいものを感じた。

これまで巨大な腐れ神とも何度も相対してきたが、そのときでも感じたことはなかった。

「……リア」

大剣の柄を握り込んで、思わずその名を呼ぶ。

――そこで、先を行く村人たちの悲鳴が聞こえた。

接近してくる腐れ神を見落としたのかと思ったが、そうではない。今まで重苦しい顔でも歩いていた村人たちが足を止めてしまっている。人間たちが立ち止まったと見てか数体のモグラが散開し始めたため、クラウは慌ててそいつらを追いかけようとするが、

「殿下、こっちは俺がやるんでお願いします」

「わかった。様子を見て来る！」

腐れ神の殲滅はともかく、砦やダニシュとの交渉は第三王子《クラウ》が出たほうが早い。

クラウは村人たちの先頭に向かって駆け出したが、

「……え？」

彼の足もまたほどなく止まった。

イルセラント市の城壁の上に、砦詰めの警備兵がずらりと隊列を組んで並んでいる。

「何が……いや、何でだ!?」

警備兵とは市街と周辺の村々、ひいてはそこに住む人々を守るのが役割だ。しかしその任務に就いているはずの兵たちは今、一様に弓を構えて、鏃《やじり》を眼下に向けていた。城壁の下――すなわち砦に助けを求めてやってきた、ミングス村の村人たちに対して。

『あそこから神どもを射る気か？』

「いや、それはない」

リアの言葉を即座に打ち消す。

矢の竜具というのは作れないわけではない。だが竜の骨から削り出した鏃《やじり》はほぼ使い捨てになるので、事実上は不可能だ。例外としてユーリウスが持つ光の矢を放つ弓などもあるのだが、それは〝九曜《ナヴァグラハ》〟に列せられた特別製だからできることで、普通の竜騎兵が持つ竜具にそんな性能はない。

むろん以前クラウもやったように、弓矢を足止めに使うことは多い。特に今回のように敵の数が多い場合、一斉射ののち竜騎兵がトドメを刺すという戦術はよく使われる。

だが、それは当然ながら標的が腐れ神しかいない場合だ。

守るべき民にまで矢を向けるなどということはあり得ない。そのはずなのだ。

「あいつら……」

『我が王よ、右上だ！』

手元から発せられた鋭い声に、クラウは慌てて城壁の右方向を振り仰いだ。

「ティラナ!?」

先刻、先触れとして送り出したティラナが城壁の上にいる。ただし後ろ手に拘束されており、逃れようと必死に身をよじっているようだが、いかに武術にも通じたティラナとはいえ手枷《てかせ》は簡単には外せないだろう。

そして、横に立っているのはダニシュである。

「クラウさ……くぁっ！」

ティラナもこちらに気づいて何か叫ぼうとしたが、ダニシュに両腕を捻りあげられて悲鳴に変じてしまう。

だが少しずつ状況が把握できてきた。

ティラナは砦に駆け込んでミングス村の状況を伝えたのだろう。だが、このフェイトン砦の守備隊長たるダニシュは砦の兵を村に向かわせるのではなく、代わりにこうして助けを求める民に矢を向けるよう命じたわけだ。

「……まさか、村で死なずにのこのこ戻ってくるとはな」

ダニシュは城壁の上からクラウを見下ろしてくる。距離があるので声をすべて聞き取ることはできないが、唇の動きからぼやきを読み取ることはできた。

「おかげで、この僕がこんな嫌な役を押し付けられる羽目になったじゃないか」

そこで、クラウはかっと頭と全身が熱くなるのを感じた。

その一言はつまり、ダニシュはある程度ミングス村の惨劇を予想していたということだ。選択肢にこの状況――民に矢を向けることが含まれていたからこそ、手早くティラナを捕らえて弓兵を待機させることができたのである。

城壁に向かって腹の底から声を張り上げる。

「国王陛下より巡検使を拝命した、クラウ・タラニスの名において問う！」

ガラティア王家の家名を聞いて、村人たちと警備兵の一部がぴくりと反応する。

「貴様は領主《ロード》よりこのフェイトン砦を預かる身、その責務とは民草を守り腐れ神を滅することのはず！　それが任務を全《まっと》うせず、あまつさえ民草に刃を向けるとはいかなる理由か、今すぐ説明しろ！」

クラウの大声での詰問に、しかしダニシュは黙ったままだった。

もとより答えるつもりはなかったようだ。黙ったまま右手だけを振り上げて叫ぶ。

「撃てッ」

＊＊＊

「ガラクタにはここで死んでもらわねば困る、……が」

マクシムが含み笑いで語るのを、ダニシュは恐ろしげに見つめたものだった。

「ですが伯父上、貴種《ブルーブラッド》を……それも王族《ノーブルブラッド》を殺すのは、その、まずいのでは」

もとより人殺しが無罪であるわけもないが、貴種《ブルーブラッド》殺しは特に重罪とされている。いくらクラウが王城に身の置きどころのない王子とはいえ、そうした暗黙の了解は引き継がれている。

「そんなことはわかっておるわ」

マクシムはうるさそうに手を振った。

「ユーリウスに用意していた仕掛けを使うのだから、奴には相応に役に立ってもらわねばな」

「と、言いますと……」

「私が手を下すのではなく、化け物どもに倒されたとあらば問題あるまい？」

そこでようやくダニシュは伯父のやろうとしていることを察した。

ミングス村の鍛冶屋に潜伏させているルパートには竜具の剣の細工を任せてある。刀身は竜の骨によく似せた偽物であり、柄に仕込んだ本物の竜の骨は遠方にある番《つがい》の骨と呼応して、互いを引き寄せるような動きをするものだ。

昨日のマクシムの命令によってすでに、剣の〝もう一方〟を領地のすぐ外に広がる魔の森に投げ込むように指示を出してある。

モグラのような地中を掘り進む動物も一緒にくれてやれ、とも付け加えて。

腐れ神は魔の森で発生したときには不定形の泥のような形状をしている。そこから近くにあるものを食ってさまざまな形態に変化するわけだが、逆に言えば任意の形状の腐れ神を作り出すこともできるわけだ。魔の森に隣接するイルセラントだから得られた研究成果である。

モグラと竜の骨を食らった腐れ神は、増殖しながら領地の地下を掘り進んでいく。

「あの王子がミングス村にいるときに、腐れ神の大群が襲うようにすればいい、ですか……」

「連れて来ている部下は下賤《げせん》の者ばかりだ、ろくな武器も持っておらぬであろう。ガラクタは妙な剣を持っていたようだが、使い物になるわけもなし」

「ですが、そう都合よく連中が村にいるときに……あ！」

それこそ愚問だったと、ダニシュは慌てて続く言葉をのみ込んだ。

マクシムは領主《ロード》――イルセラントの竜基《スタバティア》の管理者なのである。

クラウが市内で食べ歩きをしながら領民と交わした会話、領内の地下を這《は》い回る腐れ神の居場所に至るまで、領内のことならすべて把握できる。クラウも竜基《スタバティア》の知識くらいあるだろうが、まさかそこまで精密なものだとは知るまい。

「ふん、竜基《あれ》をどやしつけて仕事をさせるのは難儀だったがな」

マクシムがうんざりした顔で鼻を鳴らした。

「あれは地下は探知しづらいなどと泣き言を抜かしておるが、ミングス村まではおおよそ二日かかるだろうと言っている。それまで適当に足止めしてやれ」

「は、……はい」

頷いたところで、ダニシュはさきほどから気になっていたことを尋ねた。

「ところで伯父上、村を襲わせるということは……その、村の者どもは」

ミングス村には少なからず村人がいる。腐れ神を発生させてクラウ一行を口封じするのであれば、村人を事前に避難させたり砦の竜騎兵を派遣するというわけにもいくまい。それは自領の民を見殺しにするも同然――いや、

「むろん死ぬだろうな。ああ、証拠代わりに少しは残しておくが」

マクシムたちからしてみれば、目撃者が増えればそれだけ面倒なことになる。村人たちには不運なことだがガラクタ王子に出くわしたのが運の尽きだ。

「ふん。領主《ロード》のために死ねるのであれば、村の者どもとて本望であろうよ」

マクシムは酷薄な笑みを浮かべて言い切ったのだった。

＊＊＊

人が死ぬところを見るのは初めてではない。

生母は自分とエリーシュカを残して若くして死んだし、世話役の老婆、自分を蔑んだ老齢の貴族もいつしか姿を見せなくなり、警備隊の顔見知りが目の前で腐れ神に押し潰されるのも見た。それに、先刻ミングス村で何人もが血まみれで倒れているのを目の当たりにした。

けれどもそれに慣れることなどないし――認めるわけにもいかない。

「あいつら……！」

兵たち、いやダニシュは本気でこちらに矢を射るつもりだ。

「まさか……」

「――嘘でしょう!?」

その事実に気づいた村人たちがいっせいに絶叫した。

何人かが狂乱して駆け出そうとしたが、たとえ走ったところで矢の射程から逃れられるわけがない。後方からは追いついてきた腐れ神どもが今にも襲いかかってこようとしている。

城壁と化け物どもに囲まれた、完全なる袋小路だ。

その事実をクラウはやけに静かに認識した。

「……ここで終わりか」

――と。

そこで、クラウは小さな泣き声を聞いた。

親に取り残されたのか泣いている幼児にクラウはとっさに駆け寄り、腕の中に抱き込んで身を伏せた。ダニシュの凶行の理由も何もかも分からないけれど、この幼児は誰かが守らなくては助からない。王族《ノーブルブラッド》の自分はともかく、ダニシュとて幼児まで皆殺しにはしないだろう。〝ガラクタ王子〟が誰かを守れて死ねるならばそれはずいぶんマシな結末ではないか。

――そういえば前にもこんなことを考えたな、と思う。

「ギャアアアアアアァッ!?」

身を縮こまらせて、幼児の服を指が白くなるほど強く握りしめる。地面に身を伏せているので目で見ることはできないが、耳には次々に物音が飛び込んでくる。

鏃《やじり》を向けられた村人の困惑の声、叫び、外れた矢が地面に刺さる振動、どさっと倒れる音。

それは城壁から放たれた矢が放物線を描いて落ちるまでの一瞬の出来事だったはずだ。

だが身を縮こまらせながら惨劇の音を聞くしかないクラウには、それは永遠にも続く拷問のように感じられた。ひとつひとつの音から何が起こったのかは分かる。

だが予想、いや確信していた痛みだけがやって来なかった。

「……え……？」

やがて音は終わり、呆然と、しかし不可思議な顔でクラウはおそるおそる身を起こす。

眼前には思い描いたとおりの……いや、それ以上の惨劇が広がっていた。

確かに矢は周囲に集まっていた腐れ神どもを撃ち抜いたようだった。小型の体躯に何本もの矢が刺さっているので、形状回復するにも少々時間がかかるだろう。

そして——腐れ神にしか矢が当たらないわけがない。

地面にじわじわと赤い血が広がっている。

何人もの村人が矢を受けて倒れ伏していた。急所に矢を受けて即死したらしい者、脚に矢を受けて痛みに絶叫している男、中には運よく矢を逃れた者もいたようだがクラウと同じく呆然とするばかりだ。

『我が王よ、無事か!?』

側に落ちていた大剣《リア》がするりと人型に戻って、クラウを庇《かば》うように前に出る。

そして、目の前に……見知った姿が自分を庇《かば》うように前に佇んでいることに、クラウは何拍も遅れてやっと気づいた。

「ヤーヒム……？」

いつの間にこちらに駆け寄ってきたのか、しかしいつもならすぐに返ってくる軽口がない。

その肩や背に何本もの矢が突き刺さっているのに気づいて、クラウは絶叫した。

「ヤーヒム!?　何で……」

「殿下……無事、ですね。あいつら口封、……今すぐ逃げな、……さ」

そこでヤーヒムはごぼっと大量の血を吐く。

鍛え上げられた巨躯《きょく》がなすすべもなくゆっくり倒れるのを、クラウは呆然と見つめた。

「あなた……何をしているのです!?　貴種《ブルーブラッド》の誇りがあるならば、今すぐやめさせなさい！」

城壁の上で惨劇を見せつけられたティラナが叫ぶのが聞こえる。自分は安全地帯で見ていることしかできないというのは、彼女にとっては屈辱を超えた悔しさだろう。いっそう力を込めて逃げ出そうとするが、ダニシュに抑えられてうまくいかないようだ。

「まだ生きてたか、ちっ」

「クラウ様!?　止めさせなさい、今すぐッ!!　誰に弓を引いているのか理解……」

真っ青な顔のダニシュは血臭と地面にぶちまけられた血から必死に目を逸らしながらも、すぐ兵たちに第二射を命じた。このような凶行に及んだ理由は分からないが、ここに至った以上、生き残りを見逃すはずがない。

兵たちが城壁の上で二本目の矢をつがえ、

「我が王よ、危な……くっ！」

「ッ!?」

そこでクラウは頭から地面に叩きつけられた。

リアが呆然としたままのクラウでは避けられないと判断して、とっさに頭を掴《つか》んで地面に伏せさせたのだ。彼女はクラウを地に伏せさせるなりふたたび大剣に戻って、己の幅広の刀身を掲げて飛来する矢を防がんとする。

何度か硬い金属音がした。リアが矢を弾いてくれたようだ。

けれど。

イルセラント領の兵は優秀だ。第一射はまだ無差別に矢を射た感があったが、今回は明らかに人間を狙っていた。生き残っても動くこともできなかった村人たち、立ち上がりかけていた小隊の部下たちに非情の矢が降り注ぐ。

——第二射、第三射を経て、城壁の下で動いているのはクラウだけとなった。

「あー、ええと……」

クラウの耳にはほとんど入らなかったが、ダニシュが側近にぼそぼそと何かを命じる。

ほどなく城壁の扉が開いて、板金鎧《プレートアーマー》に身を固めた竜騎兵が現れた。

矢を何本も刺して動きを封じてあるとはいえ、腐れ神が矢を排除して再構築するまでそう時間はかからないから、今のうちにトドメを刺しておくのは当然の処置ではある。遅いと叫ぶべきなのだろうが、もはやクラウにはそんな力も湧いてこなかった。

「…………」

竜騎兵は立ち尽くすクラウを一切無視して隣を駆け抜けていく。

どうやら、さきほど「王子には手出し無用」と命じたらしい。いきなり方針転換した理由は不明だが、一人だけ生き残ったのを見て利用価値を思い出したか、今になって王族殺《ノーブルブラッド》しが怖くなったか。

何人もの兵が連携して腐れ神を屠《ほふ》らんとする物音は、クラウもよく聞き知ったものだ。だが間近で鳴る剣や弓の音がまるで遠い世界のもののように聞こえる。

「……ぐ……」

ぺたんと地面に座り込むしかないクラウの近くで、よく知った声で呻《うめ》くのが聞こえた。

クラウははっと目を見開く。ようやく身体が動いた。

「ヤーヒム！」

ほとんど這《は》うようにして覗き込むと、巨躯の肩や脇腹に何本もの矢が突き刺さっていた。いかに体力自慢の男といえども、こうも深手を負っては、もはや。

矢の脅威は去ったと見てかリアがふたたび少女の姿に戻った。だが何も言わず、屈み込むクラウの隣で油断なく周囲を見渡す。それは王妃というより番犬の風情だ。

今はそれが何よりクラウの望むことだと、彼女はよくわかっているようだった。

「あー、殿下……そこの、ガキは」

「大丈夫だ、傷ひとつない」

答えながらもクラウの声は既にかすれた涙声だ。

「ふ……、ガキを助けようとするなんざ、殿下にはま、だ早いで……すよ」

「……本当にな」

ずっと頼ってきた巨躯が、安堵の息とともに一気にしぼんだかのように見えた。

「あの、クソ領主《ロード》……でもって、馬にもろくに乗れねえ若造が……」

一斉射撃の命令を下したのはダニシュであるが、命じたのはマクシムしか有り得ない。

「しっかりしろ、……くそ、矢を抜いたら血が」

クラウは背に刺さった矢を抜いたところで唇を噛んだ。下手に矢を抜くとそこから大量に出血してしまうため、治療を受けるまではそのままにしておいたほうが良い場合もある。……そしてここに至った状況を考えると、砦でまともな治療を受けられる可能性は無に等しい。

「あー……、俺もつくづく、……運がねえなあ」

そのことはヤーヒムも理解しているようで、

「ヤーヒム。お前、何で俺を……」

「あんたの下……のが、俺の……運の尽……、かな」

虚ろな目で遠くを見つめぼそぼそ呟《つぶや》くヤーヒムに、クラウはただ項垂《うなだ》れた。

彼は望んでクラウ小隊に配属されて来た人物ではない。上官をぶん殴るのは褒められたものではないのせよ、こんな辺境で虐殺の憂き目に遭うほどのものではなかったはずだ。――クラウがイルセラント領に連れてくることさえなければ。

「あんた、人が……最期に、言ってやろうってこと、くらい……聞けよ」

俯くクラウに、ヤーヒムが苦笑いしたようだった。

「あんたの下……が、いちばん、……楽しかったですよ。はは、……だから、こんな柄にもな、真似をする……ことに、なった」

「けど……」

「だから、泣きなさんな、――王様」

クラウは真っ赤な目を瞬かせた。

リアはクラウを〝我が王〟と呼ぶが、それは目覚めたときの予言があったからだ。しかしヤーヒムはあの戴冠の場面を視てなどいないし、リアの言動にいつも苦笑している風だった。けれども――そういえば、一度も否定はしていなかったように思う。

「俺は、……貧乏、生まれ……なんで」

どうやら肩をすくめたいようだが、ほとんど身体を動かせないようだ。

「無理に動くな、余計に血が出る」

「身分が低……も助けてくれる、殿下みたいな……が、王様に、なって……らいいなと、そりゃあ、思いますとも」

「俺は……」

無理だ。自分は〝ガラクタ〟で王位に手が届くような存在ではないのだ。だが今までは何とも思わず言えたその一言が今にも命の灯が消えそうなヤーヒムには言えなくて、クラウは泣きたくなった。けれどおためごかしや安請け合いを言うこともできない。

「だって、あんたなら、こんな酷い真……似、はしないでしょう」

「しない、するわけがない！」

そこで助けた幼児が泣き出した。傍らでリアが抱き上げてやっていたのだが、異常な状況に加えてクラウの大声に驚いたようである。

「で、……しょうね。あんたは、そうい……人、だ」

口元がかすかに微笑んだようだった。

「思う……通りに、やりなさい。そうし……りゃあ、その先に、玉座……とやらも、見え……」

——玉座。

あの戴冠の場面、クラウにもいまだ信じられない未来図か。

「だから……まあ、頑張ってくださいよ」

その台詞は泣きたくなるほどに、軽口を叩きあうときのままだった。

「ま、こっちは……う、言うだけで、すがね。……はは」

いつもならクラウが「無茶を言うな」とでも小突き返して、二人で肩をすくめて終わりだ。けれど、今はそうではない。彼はもう——もうすぐ、いなくなってしまうのだから。

「——わかった」

　クラウは震える声で頷いた。

「安心してくれ。俺は好きなようにやらせてもらう。二度とこんな真似はさせるか！」

「そりゃ良かった。――なら俺は、いつかは、……王様を守った忠義の……士だ」

　そして、かすかに上下していた胸の動きが止まる。

　よく死に顔を見て〝安らかなだ〟などと言うが、遺体は筋肉が収縮するだけで笑みといったものはないそうだ。だから永遠の眠りが安らかなものであるのかは、ただ祈るしかない。

　ヤーヒムの目を閉じさせてやってから、クラウは顔を上げた。

　まるで力が入らないがやるべきことはある。ヤーヒムは死んだが、重傷であってもまだ生きている者がいるはずだ。最悪の場合、ダニシュを人質にして脅してでも生存者を治療させなくてはならない。

　見回すと辺りには村人たち、そして王都から連れてきた部下が倒れ伏している。

　いずれも身体に何本も矢を受けており、ある者はもはや動かず、ある者は痛みに痙攣するようにもがいていた。大量の血が流れ出して地面が血でぬかるんでいるほどだ。

　腐れ神は大地を汚染し、人間を殺そうとする存在である。

　奴らに負わされた傷や地面を這《は》った跡はぐずぐずの緑青色に腐ってしまう。逆に言えば、赤く染まったこの地面はまぎれもなく人間の所業なのだ。

「……我が王よ」

　リアが呟《つぶや》く。

いつもはよく通る声が、泣き叫んだ後のようにかすれていた。

「昔、同胞は神から人間を守った。だから人間の裔がこの地にまだ満ちていることを、妾《わらわ》は喜ばしく思ったのだ」

「……ああ」

「ならばどうして、また、こうなる？」

クラウの隣でリアもまた虐殺の痕を見つめている。

その赤い瞳は地面を染め上げる血と死体ではなく、もっと遠くを映しているようだった。

王都の倉庫に封じられている間にリアは記憶をほとんど失ってしまっている。ただ市中で唐突にヤーヒムの先祖のことを口にしたように、昔と似たような光景を前にして断片的に思い出すことはあるようだ。

「リア、君はもしかして……」

「――我が王よ！」

そこで話を打ち切ったのはリア自身だった。

クラウを庇《かば》うように前に出る。城門の扉から現れたのは、今度は見知った顔だった。

「ロード・イルセラント……！」

マクシムである。城壁の上には姿が見えなかったが、どうやら砦には来ていたらしい。

公城にいる領主《ロード》が城壁にいくつもある砦に向かうことはそう多くない。この間《ま》の良さを考えるに、さきほどのダニシュの言葉からの推論――ミングス村の襲撃を彼らは知っていたのではないかという説が真実味を帯びてくる。

「おお、王子殿下。さきほどは危ないところでしたな」

大仰な仕草でしれっと言ってのけるマクシムに、クラウはがりっと奥歯を噛み締めた。

「御身に傷がついてはならぬと肝を冷やしましたぞ。ささ、こちらに」

台詞だけは丁寧だが、マクシムはもはやクラウへの侮蔑を隠そうともしていない。

「退け下郎ッ、貴様に我が王を渡すものかッ！」

リアが地を蹴って飛び出そうとする。今のリアはごく普通の少女の腕力しか持たないが、それよりもマクシムを殴りたくてたまらないらしい。だが彼女の怒りに身を任せた姿が、逆にクラウをわずかに冷静にさせた。

「リア！」

「止めるな、我が王よ！　あの者だけは許さぬ、こんな、あいつらのような……」

「頼む。城壁《かべ》の上にまだティラナがいる。……君とティラナまでは」

「……あ！」

ダニシュに捕らわれているティラナは事実上の人質である。

そのことを思い出したのか、リアは地を蹴る寸前でかろうじて脚から力を抜いた。

だがリアを止めたクラウとて平然としているわけではない。冷静になれ、冷静になれ、頭の中で何度も繰り返してようやくマクシムと向き合っていられるだけだ。怒りのあまりか一瞬、視界が赤く染まり、がりっと食いしばった奥歯が鳴った。

「村の人たちごと射ろと命じたのは、あなたか……！」

「王族《ノーブルブラッド》ともあろうお方が、不用意な発言はいかがなものかと」

対してマクシムは涼しい顔だ。

「私はこのイルセラントの領地を守る責務があります。民草に犠牲が出たのは悲しいことですが、被害を減らすためのやむを得ない処置だったと殿下には思っていただきたいですな」

心にもないことをすらすらと述べ立てて肩をすくめ、

「それに、雑草が少し減っただけです。殿下がお心を痛めるようなことではありますまい」

「雑草、……雑草だって」

倒れる人々にふたたび目をやる。

彼ら一人一人に感情があり、人生があった。ヤーヒムも部下たちもみな良い男たちだった。竜の血を引いていない平民というだけで、雑草呼ばわりされて間引かれるべき人々ではなかったはずだ。

「撤回しろ！　あなたの領地の人間もいたんだぞ、それをよりにもよって雑草と……！」

「それよりクラウ殿下、私は殿下にもお伺いしたいことがあるのですがね」

ちゃり、とマクシムが側近から受け取ったのは、さきほどティラナに預けた偽装の剣だ。

クラウは事前に隠しておくよう指示を出したし、ティラナも当然ながらそうするつもりだっただろうが、先に砦の兵に発見されてしまったようだ。

「困るのですよ。私どもが危険だからと隔離しておいたものを、みすみす持ち出されては」

巡検使がここまで不調法だとは思わなかった、とマクシムは平坦に続けた。

「その剣は何だ？　何と繋がっている!?」

「ほう、そこまでお気づきとは」

マクシムが一瞬だけ怪訝な顔をしたようだ。竜具を壊してしまうクラウがなぜ仕掛けに気づいたのか不思議なのだろう。

「この剣は半年ほど前に、魔の森との境界で発見されたものでしてな。城に残っていた父祖の記録を調べようやく、危険であるがゆえに国王陛下にご報告せず封印することにしたという曽祖父の覚書が発見されたのです」

朗々とマクシムが語り始めるのを、クラウは睨むだけで黙って耳を傾ける。

「なぜ危険かと言えば、この剣には腐れ神を呼び寄せる性質があるそうで」

「呼び寄せる……？」

「曽祖父はその仕組みを解明できなかったそうです。ですので私は領内の学者に命じて研究を再開させました。ただそのような剣を城や市内に置いておくのは危険ですのでね、村の鍛冶屋を工房として接収いたしましたが」

その話は、筋が通っているようにも聞こえる。

ただし実際は竜の骨そのものに腐れ神を招く力があるわけではなく、ただ両者が引き寄せ合うという性質があるだけだ。それを腐れ神に適用したのだろう。

そしてルパートという男は「マクシムに工作を命じられた」と語っていた。完成した暁には、おそらくそんな「イルセラント領で発見された」という物語を付加するつもりだった、というところか。

「ならば、なぜすぐに王都の国王陛下にすぐにご報告申し上げなかった？」

「曽祖父と同じです。王都にこの剣を献上したとして、もしも今日のこの悲劇のようなことが起これば、私は陛下に申し開きができませぬ」

語ってマクシムは大仰に肩をすくめた。

彼が嘘八百を並べ立てていることは分かる。クラウが生き延びているのは想定外だったであろうに、即興でよくそれらしく語れるものだ。だが、作り話には無意識のうちに本音が紛れ込んでしまうことも多い。即興ならばなおさらだ。

「王都に献上……」

確かルパートも似たことを言っていた。紛れ込んだ本音とは、これではないか。

ユーリウスは「竜の骨あるいは剣がある」という噂までは掴《つか》んでいた。イルセラント領で実際に偽装の剣を作っていた以上、この噂は正妃一派が意図的に流したと考えて良いだろう。

そして、この騒動のどこかでこの剣を登場させる手はずだった。

逆説的な言い方ではあるが、使う予定があるからこそわざわざ貴重な竜の骨を流用して剣に仕立てさせたのだろうし。

「……そういうことか」

腹立たしいだけの言い分であったが、クラウにも少しずつ全体像が見えてきた。

おそらく、マクシムはユーリウスの配下が来たらそれとなく誘導して剣を持ち帰らせるつもりだったのではないか。そのために剣にわざわざ国王の紋章まで入れておいたのであろう。

そしてガラティア市周辺でモグラ型の腐れ神を大量発生させて王都を襲わせる予定だった。

だが実際に派遣されてきたのは立場の曖昧なクラウであり、当初は隠蔽《いんぺい》して適当にやり過ごすつもりだったが、すぐにミングス村の鍛冶屋を突き止められてしまった。そこでマクシムは別の物語を考えたわけだ。

すなわち王都で発動させる予定だった剣の仕掛けをミングス村で作動させる。

そしてクラウと護衛をまとめて殺した後に「ユーリウスが派遣したクラウによって、領内に腐れ神が現れてたいへんな被害が出た」と訴え出る。

腐れ神とは絶対的な〝敵〟だ。

それを斃《たお》すことは何をおいても優先されるし、化け物を自《みずか》ら招き入れる行為が許されるはずがない。たとえ王族《ノーブルブラッド》であろうともだ。ユーリウスとクラウの繋がりさえ立証できれば、ユーリウスを王位継承争いから引きずり下ろすには十分な材料となったろう。

「……だからか！」

虐殺は、大勢の死者が必要だから起きたのだ。

この陰謀に必要なものは竜具でも腐れ神でもなく、犠牲者に他ならない。

犠牲が多く凄惨な事件であるほど政《まつりごと》を司《つかさど》る貴族たちは憤ってユーリウス排除へと動く。たとえ実際にはマクシムが見殺しに、あるいは手を下させたものであっても、領内の出来事であればマクシムは好きに証言を操作できる。

「領主《ロード》が、自分の民を殺して、それを利用する……」

唾棄するほかない話だが、民を雑草呼ばわりしたマクシムならばやるだろう。

そして――ユーリウス側もおそらくこれをある程度予測していた。

さすがに腐れ神を領内に呼び込むとまでは思わなかっただろうが、イルセラントで発見されたものが、ろくでもない偽装をされていることくらいは突き止めていたかもしれない。

だからこそ自分の部下ではなくクラウを送り込んだ。

クラウが首尾よく竜の骨ないしは剣の真相を突き止められればそれでよし、万が一失敗しても「異母弟が勝手にやったこと」と切り捨てられる。クラウはユーリウス経由で許可証や旅費を渡されたが、書類上はまったく別人が手がけたことになっているだろう。

「つまり、……俺はどっちにも〝ガラクタ〟扱いしかされなかったのか」

マクシムからは殺してから利用する駒として、ユーリウスからは切り捨て可能な駒として。

「――要するに」

これは、ただの王位を巡るつまらない争いなのだ。

そんなことのために大勢の人が殺されなくてはならなかったのか。

「そんなことがあってたまるか、血みどろの王冠にいったい何の意味があるんだ……！」

赤黒く染まる大地のただ中で、クラウは拳を握って叫ぶしかなかった。

「さて、殿下」

話は終わりだとばかりに、マクシムは背後の兵たちに目配せした。

「なぜ剣のことをご存知なのか、その他についても、お聞かせ願えますかな」

兵たちはいっせいにクラウとリアを取り囲む。

当初の予定ではクラウも腐れ神に口封じさせるつもりだったのだろうが、しぶとく生きていたならそれはそれで使い道はあるということだろう。少なくともユーリウスとの繋がりは当人《クラウ》に証言させたほうが何かと楽だ。

「くそ……」

「下衆が、その汚らわしい手で妾《わらわ》に触れるでないわッ」

リアは大剣となれば無類の力を発揮するが、武芸の心得そのものはない。薄布越しに両腕を掴《つか》まれたリアは自力で逃れることは難しそうだった。

さらには城壁の上には今なおティラナも捕らわれている。

二人を先に確保されたクラウには、もはや抵抗するすべはなかった。

「貴様ら……！」

兵たちの向こうからリアが叫ぶのが聞こえる。

「貴様うは竜の末裔《まつえい》であろう！　竜はずっと人間を守って、骨となってもなお恵みを与えて続けているのに！」

リアが言っているのは竜基《スタバティア》のことだろう。市街地の中心にある竜基《スタバティア》もまた彼女の同胞の骨である。それが今回このような企《たくら》みに使われたとあっては、その心情はいかばかりか。

「それなのに、人間は人間を殺すのか！」

その叫びこそリアの——そしてクラウの怒りそのものだった。

だが言っても無駄だと彼女もわかっているだろう。マクシムから見ればリアは身分も不確かな小娘でしかなく、言葉を聞くにも値しない。そもそも人を人と思っていればこんな手段は採らない。

引きずられるように砦に連行されながら、クラウはふと乾いた声で呟《つぶや》く。

「腐れ神……死んだ神の呪い、か」

かつて神は人間をまとめて滅ぼそうとした。

その理由は神話から欠落していて定かではないが、『失敗作』と断じたからだというのが学者たちの定説だ。人間の何を神は気に食わなかったのか、今なら少し分かる気がする。

目の前のこの惨劇は腐れ神がもたらしたのではなく、ただ人間たちの愚かさが引き起こしたものだ。勝手に互いに争い合って自滅する生物など、創造主たる神から見れば失敗作としか思えないだろう。

もしかしたら。

かつて、竜と人間に殺された神は消え去る間際に呪詛——腐れ神を遺した。

けれどもそれは人間の末裔《まつえい》を消し去るためではなく、ちょっと不和と争いの引き金を引く程度のものだったのかもしれない。

火種だけ与えて放っておけば、どうせ人間など遠からず勝手に亡び去る、と。

第五章　ロード・イルセラント

リアとティラナは同じ牢に放り込まれた。

砦には必ず備えられている、街で捕らえた犯罪者を放り込んでおく鉄格子の牢だ。

だが、二人のいる牢の前に見張りは置かれていない。

「女と侮っているのか、……それとも人手が足りないのか」

外の気配を探りながらティラナは呟《つぶや》いた。

壁外での虐殺劇から一日が経っている。

昨日、クラウとヤーヒムが砦に撤退しながら戦闘をこなし、また砦の竜騎兵によって腐れ神の大半はすでに討伐されているが、確実に全個体を消さなければ領内は安全とは言えない。特に今回はモグラ型の腐れ神の群れが地下を掘り進むというものだったので、地下に潜ったままの個体を追跡するだけでも時間がかかるはずだ。

よってフェイトン砦の兵はいまだ城壁周辺の探索に駆り出されており、砦には最低限の人員しか残っていないと思われる。ティラナの推測はそう間違ってはいないだろう。

「あの無礼者どもが、王妃たる妾《わらわ》になんという真似を！」

「少し静かになさい。それとクラウ様があなたを娶《めと》るとまだ決まったわけではありません」

金髪を振り乱しながらうろうろ牢を歩き回るリアを、いつものようにティラナが説教する。

「何だと、我が王に相応《ふさわ》しい妃《おんな》が妾《わらわ》より他にいるものか！」

「少なくとも、無駄に騒々しい女は相応《ふさわ》しくはないでしょうね」

噛み付くリアにティラナはふんっと追い討ちをかけた。

「クラウ様の妃なのですよ。誰よりも美しく、優雅で慈愛に満ちて、常に慎みを忘れず……」

「……そなたが口うるさ過ぎて、我が王が婚期を逃しかねない気がしてきたぞ」

リアは呆れ顔だったが、ともあれぺたんとおとなしく石床に座った。

下手に騒いで見張りを付けられては困るのだ。女二人を同じ牢に、しかも武装を取り上げただけですませたのは、そう長いこと幽閉しておくつもりはないからである。クラウはまだ使い道があるにしても、貴族の娘とはいえティラナの実家に領地貴族ほどの権力はない。身分不詳のリアは言わずもがなだ。

「こちらに来なさい」

ティラナはリアを手招きして、近寄って来た彼女に耳打ちするように付け加える。

「その服だけでも繕っておきましょう。いざというときに逃げやすいように」

リアは目を瞬かせながら自分の服を見下ろした。

もとより露出度の高すぎる服だが、乱暴に兵たちに引っ立てられたせいで薄布はあちこちが破けている。かろうじて肝心なところは隠れているが、これでは下着の方がマシなくらいだ。

「な、なつ……」

「そのままでは走ったときに脚を引っ掛けて転びかねません。……それに、はしたない格好でクラウ様と合流したくはないでしょう？」

ティラナが諭すと、リアは顔を真っ赤にして何度も頷いた。

普段から太腿を剥き出しにして平然としている娘なので反発されるかと思ったが、意外にも羞恥心はあったようである。もしかしたらクラウの名が効いたのかもしれないが。

ティラナはスカートの下から、例の携帯用の裁縫道具を取り出して針に糸を通す。

「じっとしていてください。針が刺さりますよ」

「うっ……」

クラウの手に収まれば無類の力を発揮する剣なのに、こうしてたかが針ひとつに怯える様は、どう見てもただの……本当にただの人間の少女でしかない。

ごくりと息を止めているリアの前で、ティラナは素早く薄布をかがっていく。

露出度は余計に上がってしまった気がするが、どうせ大剣になれば分からないから良いだろうとティラナは勝手に結論づけた。

リアは目をまん丸にして不思議そうにその光景を見つめていたが、

「そなたは冷静だな。そなたにとってもクラウは大切な人であろうに」

「冷静でなどありません」

吐き捨てるようにティラナは呟《つぶや》いた。

「普段と同じことをしていなければ、我を忘れそうで怖いのです」

針を持つ指が小さく震えているのに、リアは息をのんだようだ。

「クラウ様に……ヤーヒムも、セヴァンも、ライネスも、ダムも、クライドも……皆、以前から知っていましたから」

「すまない。……無礼を言った」

クラウを心配してガラティア市の砦に顔を出したところで、小隊の面々とも鉢合わせたのだ。王子に無礼な態度を取る兵たちに最初は憤ったティラナだったが、クラウが彼らと打ち解けてからはそれなりに親しくなれたと思う。

けれどティラナは結局、彼らが矢の雨に倒れるのを見ていることしかできなかった。

そして人質にされた自分を守るために、クラウもまた囚われて今に至っている。

「…………」

ティラナはきつく唇を噛み締める。

頭に血が上りかけたティラナを止めたのは、不意打ちのようなリアの問いだった。

「そなたは、クラウとは……どういう関係なのだ？」

そういえば簡単には説明していたが、あまりきちんと話していなかった気がする。

というより実はリアと腰を据えて話す時間があまりなかったのだ。リアはクラウから離れようとしないし、ティラナは雑務か彼女に説教してばかりだった。

ようやく得たその機会がまさか牢の中とは思わなかったが。

「我がイーグレット家は王族方の剣術師範を務めることが多いので、以前は祖父がその栄誉に与《あずか》っていました。クラウ様とエリーシュカ様はすでに離宮にお住まいでしたが、たまたまクラウ様を見かけた祖父が、筋が良さそうだからと勝手に教え始めて」

王城から排斥されていたクラウは本来、剣を習う機会などなかったのだが、ティラナの祖父の気まぐれでそれが叶ったということだ。

「私は祖父に連れられて登城することがあって、そこでクラウ様にお目にかかったのです」

当時のクラウは今よりだいぶ暗い少年だった。

母親とは引き離され、幼い妹は病弱で余命も知れないとなれば、それも仕方のないことだろう。貴族たちによほど虐げられたのか、ティラナにまで頭を下げようとしたため慌てて止めた覚えがある。

「『あなたは王子なのですから』……と、その頃から言い続けている気がします」

ふう、とティラナはため息をつく。

そこで、ずっとティラナの中でくすぶっていた疑念が不意に湧き上がってきた。

「…………」

クラウがリアと出会った経緯はティラナたちも聞いている。

目覚めてすぐにリアはクラウにこう言ったのだという。

そなたが王だ——と。

竜の予言の神話はティラナも知っている。本当に竜の予言ならば喜ばしいことだ。

もっとも予言などがなくともリアは大剣〈リア・ファール〉としてクラウの力となり、〝ガラクタ〟という蔑称を返上し得る存在だ。彼女が現れたことはクラウにとってはこれ以上ない福音であったと、そこはティラナも疑っていない。

だからこれはティラナの疑問、もしかしたら少しばかりの嫉妬だ。

「あなたは、クラウ様と自身の戴冠を〝視た〟と言いましたね」

「いかにも」

「もしも――予言された王がクラウ様ではなかったら、あなたはどうしていましたか」

今のリアがクラウのために尽くしていることは間違いない。

けれどもそれはただ予言に出てきたから、あるいは記憶を失ったところに最初にクラウと出会ったからというだけではないか。それは、彼女がクラウ・タラニスという青年を正しく見ていることになるのだろうか。

ぽつぽつとそんなことを尋ねるティラナを、リアはなぜかぽかんとして眺めていた。

「……そんなにおかしいですか」

「いや、そなたが我が王を慕っているのはよく知っているとも。……ならば、話さぬは無礼というものであろう」

リアは少し居住まいを正して、

「妾《わらわ》が目覚めたときの話は、そなたも聞いたであろう？」

「ええ」

「あのときクラウは己より妾《わらわ》を助けようとした。己は焼け死ぬかもしれないのにな」

「ええ、……クラウ様らしい馬鹿さ加減だと思いました」

ティラナは嘆息した。

貴種《ブルーブラッド》であろうと庶民であろうと人間であることには変わりない。だが貴種《ブルーブラッド》なくば存続できないこの世界で、王族《ノーブルブラッド》が優先されることもまた当然である。しかしクラウには自身が王族《ノーブルブラッド》という意識がなく、むしろ進んで危険に突っ込んでいく傾向すらある。

「でも、クラウ様は他人の痛みを見過ごせない方ですから……」

自分が危険を引き受けておいて「ガラクタが役に立てるならそれでいいさ」と笑うのだ。心配する人間の身にもなってほしいと思うのだが、でも。

「我が王はそういう男だからな」

「ええ」

同時にため息をつき、それから顔を見合わせる。

二人して困ったように言いつつも、その表情はむしろどこか嬉しそうだった。

「妾《わらわ》も同じなのだ。昔、同胞たちは人間を守っていた。だから妾《わらわ》も、人間を守ろうとする人間が好きだ」

「そんな単純な……」

ティラナはまたもや呆れた顔をしたが、しかし疑念はだいぶすっきりした気がする。

堂々たる態度でそう言い切るリアは、きっと嘘は言っていないだろうと思えたのだ。

「――あ！」

と、そこティラナは目を瞬かせる。

「竜は人間を守っ・て・い・た、と言いましたね。もしや何か思い出したのですか」

今までの伝聞調の言い回しではなく、リアは言い切っていた。

勢い込んで問うが、リアは愛らしい顔を険しいものにした。

「昨日……酷いものを見たときに、少しだけ。昔にもあんなことがあったのだ。大勢の人間が殺されて、同胞たちが憤っていた。妾《わらわ》はまだ幼くて、それを遠くから見ていた……気がする」

そのとき人間を虐殺したのが何者であるかは、神話と照らし合わせれば明白であろう。

「では、ご自分のこと……どんな竜だったかは？」

「…………」

リアは頭を振った。

彼女が記憶を取り戻すにはきっかけが必要なようだから、こればかりは仕方がない。とはいえ、ようやく取り戻したわずかな記憶があの凄惨な光景というのも酷なことだ。

「それと、一緒に思い出したこともある。遠くから一緒に見ていた竜がいたのだ」

「他の竜ですか」

「うん。優しい竜で、姉のように怖くて泣いていた妾《わらわ》を撫《な》でてくれた……」

ヤーヒムの短剣のように、その竜の骨もどこかで竜具として使われているのだろうか。

グランという竜の名前はそのままヤーヒムの家名として残っていた。ならば、

「何という名の竜でしたか？　名前がわかれば竜具の持ち主も分かるかもしれません」

「〝セラ〟と妾《わらわ》や他の同胞は呼んでいたと思うのだが……」

ティラナも眉を寄せた。さすがにそれだけでは手掛かりが少なすぎる。

「正式な名前というより女性の愛称に聞こえますね。竜の名付けはわかりませんけれども」

「そうだ、本当の名前はもっと長かったはずだ。確か聞いたはずなんだ。イ……セラ……」

そこで二人は、はっと顔を見合わせた。

そんな名前を自分たちはよく知っているではないか。彼女の骨であってもおかしくはない竜具も、この領地に来てから何度となく見かけた。

「〝イルセラント〟……！」

声を上げて唱和する。

と、そこでティラナは目を見開いた。

「ティラナ？」

「しっ。静かに」

口元を塞《ふさ》がれてもごもご暴れるリアを横目に、ティラナは全神経を聴覚に集中させる。

鉄格子の牢が並ぶ通路には見張りはなく、出口にだけ歩哨が立っているのは確認していた。その歩哨が何やら話しているのが扉越しに伝わる。やがて砦の中がますます慌ただしくなり、がちゃがちゃと金属鎧を鳴らして走る物音が牢の中にまで聞こえてきた。

「ぷはっ……何と言っている？」

「そこまでは聞き取れません」

「まさか、我が王に……」

「いいえ。もしクラウ様や私たちを処刑するだけであれば、武装する必要はありません」

突き当たりの扉の向こうでは歩哨が何やら同僚と怒鳴り合っている。大声で喚《わめ》いているせいで断片的な単語はいくつか聞き取ることができた。「お前も来い」「俺は見張りを命じられている」といったところか。

ここで、ティラナは決断を下した。

「ここを出ましょう」

「ああ、……へ？」

リアは自信なさげに鉄格子に取り付けられた鍵を何度も眺めている。「これは鍵というものであり容易には外れないはずだが、自分が思い出せないだけで実はそうでもないのだろうか」と混乱しきった顔だ。

説明は放棄して、ティラナはスカートの縫い目から針金を一本抜き取る。

「……鍵とはそうして開けるものなのか？」

「たまにこうして開けることがあります」

針金で鍵をかちゃかちゃとやりながら、ティラナは至極真面目に言ってのけたのだった。

「そうなのか。知らなかった」

「祖父に教わりましたので」

実を言えば、すぐにでも脱出することはできた。

だが下手に動いてクラウを危機に曝《さら》すわけにはいかないため、ティラナは情報が入るまでは牢でおとなしくすると決めていたのである。しかし今、砦に何か緊急事態が起こっている。もしかしたら砦のみならず、イルセラント市、領地にすら影響する事態が。

取り返しのつかないことになる前にクラウを助け出さなくてはならない。

「……開いた！」

「行きますよ」

数日ほど泊まっていたので、このフェイトン砦のおおよその構造は把握している。クラウを閉じ込めておけそうな部屋にもいくつか心当たりがあった。

焦った顔の歩哨を手際よく気絶させてから、二人は砦の階段を駆け上がった。

＊＊＊

クラウが閉じ込められたのは貴人用の客間だった。

さすがに王族《ノーブルブラッド》を石牢に放り込むのは気が咎《とが》めたらしい。その結果、今までクラウ一行が泊まっていた部屋より数段豪華になったのは皮肉でしかないが。

だが毛足の長い絨毯《じゅうたん》、目にも鮮やかな刺繍《ししゅう》の壁掛け、貴族の部屋なら当たり前であろう装飾が〝ガラクタ王子〟にはまるで異界の風景のようにしか見えない。使用人の硬い木の椅子がいちばん落ち着いたくらいだった。

「……やっぱり無理か」

椅子を脚立代わりに窓枠と格闘していたクラウは、舌打ちして呟《つぶや》いた。

この客間には採光窓があるが、壁の高い位置に設けられている上に装飾用の鉄枠まではめ込まれており、そのままでは抜け出すには狭すぎる。せめて鉄枠を外せないかと思ったのだが、工具なしでは手も足も出なかった。

「まあ、この窓から出られたとしても壁を伝って降りるしかないんだけど」

椅子から飛び降りて、クラウは独りごちる。

城壁の下での虐殺の末、クラウが囚われたのが昨日のことだ。

小隊のうちヤーヒムだけは死を見届けたが、他の面々は確認する暇すら与えられなかった。クラウが見たのは矢を受けて倒れる姿だけだ。そのときすでに誰も動かなかったが、誰か一人でも生き永らえていてくれることを、そしてたとえクラウへの人質のような扱いであっても治療を受けていることを祈るしかない。

「…………」

それと、別の場所に連れて行かれたリアとティラナだ。

彼女たちがすぐに殺されなかったのは、自分への脅しとするためだろう。だが、マクジムは今のところクラウに使い道があると思っているようだが、それもいつまで続くことか。

「これ以上、死なせてたまるか……！」

俺のせいで、という言葉はかろうじて飲み込んで、クラウはきつく唇を噛んだ。

自責にかられて泣き喚《わめ》くのは後だ。今は、やるべきことが山ほどある。

「窓から出るのが無理、……となると」

砦の中は何やら慌ただしいようだが、さすがに客間の扉の外には歩哨が立っている。

しばらくすれば食事を差し入れるために扉が開くはずだ。その隙を狙って、歩兵を倒して脱出するしかないだろう。

「剣はそのとき手に入れるとして、まずは見張りをどうにか……とりあえず縄でも作るか」

カーテンを歯で引き千切ってびりびり破き始めたところで、

「んな!?」

唐突な扉が蹴破られるけたたましい物音に、クラウは思わず目を剥いた。

反射的に腰に手をやるも、そこには護身用の短剣も〈リア・ファール〉もない。腰だめに構えて戦闘に備えたクラウだったが、やがて乱入者の正体に気づいて目を丸くした。

「お前たち……!」

客間に飛び込んできたのはリアとティラナだ。

周到なティラナは部屋に入るなりすぐに後ろ手に扉を閉めて鍵までかけた。これで見張りの兵が増援を呼んできてもすぐには突入してこられないだろう。もっとも、脱出するときにはふたたび兵を殴り倒す必要があるが。

「よかった……無事だったのか、二人とも」

どちらも服が多少着崩れているくらいで、怪我や乱暴された様子はない。それだけでクラウは安堵のあまり全身から力が抜けそうになる。

しかし少女たちは再会を喜ぶより先に言いたいことがあるようだ。

「我が王よ！」

クラウの姿を見つけてリアはぱっと顔を輝かせたが、すぐにその表情は焦燥と怒りに切り替わった。なかば体当たりのように駆け寄ってくる彼女を反射的に受け止めながらも、クラウの顔も思わず緊張に引き締まる。

「頼む。セラを……イルセラントを助けてやってくれ！」

「……？」

唐突な言葉にクラウは目を瞬かせるしかない。

彼にとって〝イルセラント〟とはこの領地に冠された名だが、リアの言葉はまるで友人について語るかのようだ。

「そうだ、昨日もそんなことを言ってたな。何か思い出したとか……」

「昔に会ったことがある。この壁の真ん中にいるのは、イルセラントという竜だ」

「……もしかして、竜基《スタバティア》のことか？」

クラウは唸《うな》った。

竜基《スタバティア》は権竜《ロード》と呼ばれる種族の骨でできている。

権竜《ロード》は竜種の中でもひときわ力が強く、土地を支配する能力を持っていたとされている。

竜基《スタバティア》とはかつて権竜《コード》の庇護《ひご》のもと暮らしていた人間たちが死後もその恩恵に与《あずか》るために骨を加工したのが始まりで、ゆえに竜基《スタバティア》は最古にして最強の竜具と称される。

だから権竜《ロード》の名前が地名として残されていても不思議ではない。

リアとこの地の権竜《ロード》が親しかったことは、幸運な偶然であったにしても。

竜具にはその竜の魂がまだ遺《のこ》っていることがある。実際、リアはヤーヒムの短剣に宿るグランとも意思の疎通ができていた。ならば相手のことを思い出せれば、イルセラントの竜基《スタバティア》と対話することも可能なのだろう。

「竜基《スタバティア》が助けを求めるっていうのは、いったい……」

「セラが、あの神どもがまた地上に出てきたと言っている。地面の下に潜り込まれるとセラでも見つけづらいらしい……それに今、奴らは壁の中まで侵入してきているそうだ。このままではセラも、この街の人間たちも！」

「……それは、つまり」

「おそらくモグラ型を殲滅しきれなかったのでしょう。昨日は地中に留まっていた個体が増殖、城壁の地下から侵入して、市街地に出現したようです」

あらかじめ話を聞いていたティラナが、リアの言葉を補足してくれた。

客間は分厚い壁と壁掛けのせいで防音性が高いが、言われて耳をすませてみると、なるほど砦を武装した兵の足音がかすかに聞こえた。二人の話が本当ならば、イルセラント市にいる兵という兵が動員されているはずである。

領主《ロード》が竜基《スタバティア》から情報を得て迎撃するという戦術が確立している現代では、城壁を超えて腐神が侵入してくるという事態は滅多に起こるものではない。

「でも、あり得ない話……じゃあ、ないな」

偽装の剣に仕掛けられた竜具はマクシムがすでに解除しただろうが、そうなれば地下に残った腐れ神はどこに向かうか。

腐れ神が真っ先に襲うのは竜、すなわち竜の末裔《まつえい》たる貴種《ブルーブラッド》と竜具である。そして市街地には最大にして最強の竜具――竜基《スタバティア》が据え付けられているのだ。

その優先順位は王族《クラウ》よりもおそらく高い。

そして、もしイルセラント領の竜基《スタバティア》が破壊されるような事態になれば、その先に待っているのは泥沼の悲劇だ。

竜基《スタバティア》は領を規定するものであり、この世界で人間が生き永らえるための基盤である。

もしも市街地の竜基《スタバティア》が破壊されれば、このイルセラント領はもはや人が住める土地ではなくなる。王領も他の貴族領にも、余剰人員を受け入れる余地などない。この大陸における〝領〟の面積は広くなく、食糧生産にも限度があるのだ。

「王よ、……如何した？」

不意にクラウは頭がぐらぐらするのを感じた。

目眩《めまい》がするような事態なのは確かだ。しかし今の脳が沸騰するような気分は、困惑や絶望ではなく怒りに他ならない。

「……あの人たちは、いったい何がやりたかったんだ」

王侯貴族が謀《はかりごと》を巡らせるのは日常茶飯事だ。イルセラント領の兵は精鋭だから、腐れ神を利用したとて最後にはきちんと始末できるとマクシムは判断したのだろう。平民が死んだところで彼が何とも思わないこともよく分かった。

だが結果としてマクシムは大勢の領民を死なせ、さらなる大惨事を引き起こしつつある。

「守るべき民がいない王なんて、何の意味もない！」

とにかく、これでリアとティラナを連れて脱出するだけではすまなくなった。

むろんマクシムとて領内の兵を総動員して腐れ神の掃討に当たっているだろう。だが彼らの力が及ばなければ、イルセラント領そのものが滅びてしまう。

「……二度とあんな真似はさせないと、言ったんだ」

クラウにここで竜基《セラ》を、そして領民を見捨てて脱出するという選択肢はない。これ以上、愚かな支配者による犠牲を増やすわけにはいかないのだ。

クラウは大きく息を吸って、

「リア、ティラナ、力を貸してくれ。外の腐れ神どもを倒して、この街の人たちと、イルセラントの竜基《スタバティア》……リアの友達と、全部まとめて守りたい」

ヤーヒムと約束したとおりに、思ったことをそのまま宣言する。

我ながら大雑把な物言いだと、言ってからクラウは思わず苦笑したが、

「承知いたしました。クラウ様」

ティラナが優雅に一礼する。

「よく言った、我が王よ。その志、ぜひとも外の奴らに聞かせてやろうではないか」

そしてリアはそっと両手を伸ばして、クラウの頬を包み込んでくれたのだった。

「では、急ぎましょう。時間がありません」

そして三人はティラナの先導で走り出した。

騒然とした砦から脱出するのはそう難しいことではない。

突入時にティラナが後ろから殴ったらしい見張りはまだ気絶していたので放っておき、通路で出くわした不運な数名もとりあえず足払いと当て身で突っ切った。この事態において戦闘要員の数を減らすわけにはいかない。

建物の外に出た途端に叫び声が響いてきた。すでに相当な騒ぎになっているようだ。

現在時刻は夕暮れ時、まだ日が落ちていないのは幸いだがあまり時間がない。日没後、それも市街地での戦闘となると急激に難易度が跳ね上がる。

「馬が使えると助か……あった！」

クラウの愛馬はミングス村に置いてきたままだが、厩舎《きゅうしゃ》にはティラナの馬が馬具も外さずに入れられていた。ダニシュに捕らえられた時のまま放置されていたようだが、一刻を争う今は逆に好都合である。

「ごめんね、これが終わったらたくさん食べさせてあげるから」

ぐったりした様子の愛馬のたてがみを撫《な》でてやってから、ティラナはクラウを振り返った。

「クラウ様、私に少しだけ回り道をお許し願えますか」

「どこだ？」

「私は砦に戻って、……ヤーヒムの短剣を探してまいります」

ぎょっとして、思わずクラウは馬を引き出す手を止めてしまった。

あの壁外での虐殺から一日が経っている。重傷者の治療、遺体と最低限の遺品の収容くらいはすでに行われただろうか。貴種《ブルーブラッド》であれば竜具の見分けがつくので、あの短剣は優先的に回収された可能性は高い。

そして砦には大抵そうした物品を一時保管しておく倉庫がある。クラウにもおおよそ見当がつくから、ティラナが探すのにそう苦労はしないだろう。

「今の私は竜具を持っていませんから、お供してもクラウ様のお役には立てません。……あれは本来グランジ家の宝剣ですが、クラウ様と、そして街の人間のために使うならば、きっと許してもらえるでしょう」

口調こそつとめて冷静だが、その声ははっきりと震えている。

「……私ごときが使うには、少々、荷が重い短剣ですけれども」

「いや。……そうだな、竜具の数は多いに越したことはない。俺が先に気づくべきだった」

クラウも何度か首を振ってから、命令を下した。

「第三王子の権限で、ティラナ・イーグレット、お前にグランジ家の宝剣を預ける。できれば短剣は見つけてほしいが、時間を食いそうだったら切り上げて増援に回ってくれ」

「はい」

「それと——あの短剣は、いずれグランジ家の跡取りに返還しないといけないものだ。持って、必ず戻ってきてくれ。頼む」

「――承知いたしました。クラウ様」

そしてティラナは泣き笑いのように微笑んでから、背を向けて駆け出して行った。

クラウも数度深呼吸して馬に飛び乗る。リアがするりと白銀の大剣となって手に収まった。

「俺たちも行こう。――力を貸してくれ、リア・ファール」

『むろんだ』

リアの声が小さく笑ったようだ。

『ふふ、妾《わらわ》は尽くす妃《おんな》なのだぞ。全身全霊をもって、そなたの力になってやる』

「……ありがとう」

そしてクラウは馬の腹を蹴って駆け出した。

＊＊＊

本来、マクシムは勝ち目のない賭けはしない主義だった。

領主《ロード》の跡取りとして生まれて順当に地位を引き継いだ彼は、地位にふさわしい振る舞いをするべしと厳しく己を律している。賭けに負けて財産を失うのも、みっともなく騒ぐのも、領主《ロード》の品位に反することだ。だからやらない。

そもそも想定どおりに物事が進まないのが好きではない。

だから王都における第一王子ユーリウスと第二王子ベルナルドの王位継承争いは、はマクシムにとっては苛立《いら》ちの種だった。

順当に行けばベルナルドが王位を継いでインヴォルク家もそのお零《こぼ》れに与《あずか》れるはずだったのに、あろうことかユーリウスに付け入られる隙を与えてしまった。正妃に表立って文句は言えないが王都の連中は何を手をこまねいていたのか。

領主《ロード》として、得られたはずの利益は取り戻さなくてはならない。

だからマクシムは正妃の提案したこの謀《はかりごと》に乗った。

それでも、これは賭けというほど危険なものではないはずだった。イルセラント領は魔の森に隣接しているせいで腐れ神の研究も他所《よそ》よりは進んでいる。化け物を少し誘導してやるだけで良いのだから楽なものだ。

そのはずだったのに、いったい何が悪かったのか。

目論見どおりに動かなかったユーリウスか、目障りなガラクタ王子か、無能な甥ダニシュか。

「なにが権竜《ロード》だ、竜基《スタパティア》だ、この無能めが……！」

公城を飛び出して竜基《スタパティア》のもとへと馬を走らせながら、マクシムは何度も何度も毒づく。

『わたしは何度も、危険だと言ったわ』

反論はマクシムの脳裏にだけ響いた。

竜基《スタパティア》〈イルセラント〉の声だ。

前代領主《ロード》だった父によれば、竜基《スタパティア》、すなわち巨大な竜の骨には、領地の祖となった権竜《ロード》の魂が宿っているのだという。そして領主《ロード》……竜基《スタパティア》の管理者たる人間はこうして竜基《スタパティア》と思考で対話することができる。

いや、正確には逆か。竜基《スタバティア》から対話を許された者こそが領主《ロード》なのだ。

対話を通じて竜基《スタバティア》に指示を出し、また情報を得ることが領主《ロード》の権能である。

「貴様自身の無能を棚に上げおって、モグラに化けられただけで化け物を見失ったくせに！」

『…………』

土地の礎であるという重要性を除けば、マクシムはこの女が嫌いだった。

平民どもを躾けてやろうとすれば苦言を呈してくるし、そのくせ少し怒鳴ればすぐに言葉を引っ込めるときた。領主《ロード》たるこの自分に意見するとはいったい何様のつもりなのか。

黙り込んだ〈イルセラント〉にわずかに溜飲《りゅういん》を下げながら、マクシムはなおも道を急ぐ。

「くそ、化け物どもめ……！」

竜基《スタバティア》を据えた街の広場には、見るのもおぞましい化け物どもが蠢《うごめ》いていた。

例の仕掛けでは地下を掘り進ませる必要があったため、モグラを〝真似〟させるよう指示したのはマクシムだ。だが本来の鼠ほどの大きさならばともかく犬や豚、下手をすれば牛ほどの大きさとあってはただの異形の化け物でしかない。

広場では重装備の竜騎兵が化け物を倒そうと走り回っている。それにも苛立《いら》った。

領主《ロード》の座する公城の足元まで化け物の侵入を許しておきながら、いまだに殲滅しきれないとはいったいどういうことだ。こいつらもしょせん無能の集まりか。

「領主《ロード》様!?」

「だから、領主《ロード》たるこの私がこんな汚らしい場所にまで出ざるを得なくなる！」

叫びながらマクシムは馬から降りて槍を構えた。

インヴォルク家に伝わる竜具の中でももっとも名高い槍だ。化け物に触れさせるのも忍びないと、いつもは執務室に飾ってあるのだが、今回ばかりは致し方ない。

「この私に直々に葬られることを、誇りと思うがいい！」

気に食わないとは言え、竜基《スタバティア》を失えば元も子もないことはマクシムもわかっている。

だから強力な竜具の槍を携えて自《みずか》ら加勢に来たのである。貴族の慣いとして武芸も欠かしていないから、モグラなどどうということもない。砦の竜騎兵などいなくとも自分一人で十分だとすら思っていた。

「せいッ!!」

魔力を流しむと、槍の穂先は氷のように透き通って輝いた。

貴種《ブルーブラッド》であることが分かるのか、腐れ神は他の竜騎兵には目もくれずマクシムに迫ってきた。

美しい穂先は首尾よく大型の個体を刺し貫いたように見えた——のだが、

「がッ……!?」

次の瞬間、全身を激しく叩きつけられてマクシムの喉から苦鳴《くめい》が漏れる。さらに苦痛はそこでやむことなく、牙が——地面を掘り進むための太い爪、そしてそ悪臭を発する顎の奥にはびっしりと並んだ何本もの牙が見え、

「——ギャアァァアアアァアアァァアッ!!」

マクシムの目に映ったのは、自分を食らう腐れ神の目だった。

一筋たりとも光の射さない、救われない深淵を覗き込んだかのような。

＊＊＊

阿鼻叫喚《あびきょうかん》、という言葉しか思い出せなかった。

イルセラント市の街並みは華やかで、大通りの左右には色彩を統一された赤煉瓦《れんが》の建物が並んでいた。行き交う人々はみな手の込んだ刺繍《ししゅう》の施された服を着て、屋台からは食べ物の香ばしい匂いがしていたはずだ。

だが賑やかで平穏な街の面影は、もはやない。

『我が王よ……』

「悪いが後にしてくれ、今こっちで手一杯なんだ！」

手綱を必死で操りながらクラウは叫んだ。

公城の方角、市街地の中心から住民がまるで流れるように押し寄せてくる。クラウはその流れに逆らいながら進むことになるため、人を轢《ひ》かないように馬を走らせるだけで精一杯だ。

ティラナの愛馬は飼い主に似て賢い雌馬だが、さすがにこの状況下では何度も石畳に足を取られて転びそうになっている。

「ここらへんには腐れ神はいないな……」

モグラどもはフェイトン砦のある東側から侵入したようで、砦を出たあたりの石畳には何本も亀裂が走り、周囲は緑青色の足跡で汚れていた。だが近くには逃げ惑う人々がいるばかりでモグラの姿は見当たらない。おそらく市街地の人間を襲うよりも先に中心部の竜基《スタパティア》に突っ込んで行ったのだろう。

もっとも、だからといって市内の人々が無事とは言えない。

「ちょっと、押さないでよ！」

「うるさい俺を邪魔するお前が悪い、どけ、どけ、……俺は死にたくないんだ！」

こんな乱闘や将棋倒しが市内のあちこちで発生しているだろう。

城壁の中に腐れ神が出現するという事態を、ほとんどの人々は想像すらしていない。

壁外の村に暮らす村人は幼い頃から「化け物が出たら砦に避難する」よう繰り返し教えられるが、壁の中の市民はここが安全だと信じ切っている。だから、いざ壁の中まで侵入されてしまうとどこに逃げたらよいのかも分からないのだ。

「砦の連中も、誘導してる余裕なんてないだろうし……！」

市民を避難させる手順《マニュアル》が存在するわけもなし、警備兵ですら、今は市民と一緒に右往左往するのがせいぜいだ。

「……早くしないと」

時間が経つほど腐れ神は分裂して数を増していく。何よりイルセラントの竜基《スタパティア》を破壊されては、もはや城壁がどうという話ですらなくなってしまう。

「確か……」

市街地の調査中に見つけた、人の少なそうな路地を必死で思い出しながら馬を走らせる。

たまにクラウに引き寄せられた個体が襲ってくるが、馬上から〈リア・ファール〉を縦横に振るって薙《な》ぎ倒していく。

公城、そして竜基《スタバティア》は街のどこからでも見えるため、方角を間違えることはない。

「竜基《スタバティア》は、イルセラントはどうだ!?」

『まだ無事だと言っている。だが広場にかなりの数が集まっている、急がないと……』

そしてクラウはようやく広場に辿り着く。

彼の目に飛び込んできたのは瀟洒《しょうしゃ》な広場に蠢《うごめ》く大量のモグラ型の腐れ神、そいつらと対峙する全身鎧の竜騎兵――そして巨大なモグラによって今にも食い千切られようとしているマクシムだった。

「……な」

マクシムは執務室に飾ってあった竜具の槍を手にしていたが、それも近くにいた腐れ神にぽきりとへし折られていた。

そして槍よりも脆《もろ》いマクシムの肉体は、醜悪な歯と顎によって少しずつ咀嚼《そしゃく》されていく。

広場にはマクシムの絶叫が響き続けているが、竜騎兵たちは他の個体の相手で手一杯、一般兵の従者たちは完全に腰が引けて座り込んでしまっている。主君を誰も助けに行かないことを薄情とは罵《ののし》れまい。

「リア、頼む！」

馬から飛び降りながら、クラウは叫んで刀身に一気に魔力を込めた。

光そのものを鍛えたかのような白銀の刃は、広場の石畳をバターのように切り裂き、その先にいるマクシムの肉を貪《むさぼ》っていた腐れ神の胴まで一刀両断にする。広場に集まっていた竜騎兵たちがいっせいに驚愕の声を上げた。

『我が王よ……』

「苦しんで死ぬのを放っておくのは気分が悪い、それだけだ」

マクシムにはもはや憎しみしかないが、それでも人がのたうち回る様は決して見たいものではない。それにヤーヒムたちを悼むとき、こいつを見殺しにしたと思い出して苦い思いはしたくないのだ。

足元を見下ろすとマクシムはまだ生きていた。かろうじて息があるという程度であったが。

「わた……、たす、け……」

喉から溢《あふ》れ出す血に、声はかすれてほとんど聞き取れない。

その腹は爪と牙にずたずたに斬り裂かれ、黴《カビ》のような緑青色に染まっている。

警備小隊のクラウは、その意味するところをよく知っていた。

腐れ神とは土地を汚染して人間を殺す神の呪いだ。傷つけられてしまったが最後、身体が腐ってたちまち手に負えなくなる。警備兵に死者が多いのは、こうして傷口が腐り落ちて致死率が高いせいだ。

「伯父上……うっ」

耐えきれなかったのか、あちらで華美な鎧の騎士が地面に蹲《つくば》って口元を押さえている。

ダニシュだ。砦の守備隊長として陣頭指揮に出てきていたらしく、腰の剣帯には竜具らしき剣が佩《は》かれていたが、あれでは宝の持ち腐れである。傷の腐食は砦の兵なら知っているものだが、この守備隊長はまともに負傷した部下を見舞ったこともなかったのだろう。

「……なぜ、わた……」

なぜ私がこんな目に、とでも言いたかったのか。

やがてマクシムは動かなくなる。権勢を振るった領主《ロード》のあまりにあっけない最期だった。

「…………」

だが目を閉じて祈りを捧《ささ》げてやる暇もない。

大型の個体は今し方、片付けたが、広場にはまだモグラが何体もいる。

「くそっ……！」

広場に王族《クラウ》が現れたせいで、石畳の上を蠢《うごめ》いていた腐れ神の半数近くが寄ってきた。竜基《スタバティア》に今にも取り付かんとしていた腐れ神の頭数が減ったのは幸いだが、まとめて引き受ける羽目になったクラウはたまったものではない。

東西南北の砦から掻き集められた竜騎兵ともども必死に数を減らしていると、不意にリアが怪訝な声をかけてきた。

『奴らは、人間を食らうのだな』

「俺も、あんなにちゃんと食うのは初めて見た！」

〈リア・ファール〉を横薙《な》ぎに振るいながら、クラウは叫ぶように返した。

動物を模しているのでわかりづらいのだが、腐れ神は食物を必要とするわけではない。奴らが動植物を食らうのは〝情報〟を得てその形質を取り込むためだという。すなわち、

『だが、我が王よ。奴らは人間を殺すために他の生き物を喰うのだろう？』

リアの指摘にクラウは顔を引きつらせた。

形質を外部から取り込む性質があるのは、腐れ神は〝呪い〟であるがゆえに形というものを持たないから――そして、手当たり次第に人間という生物の攻略方法を試しているからだ、と言われている。

だとするならば、腐れ神がマクシムを食らったのも彼から何かを学ぶために他ならない。同胞を犠牲にすることも厭《いと》わないマクシムは人間を傷つけるに長けた人間だと、教材《サンプル》になり得ると腐れ神は見なしたわけだ。

「ちょっと待ってくれ、じゃあ……」

マクシムの遺体はまだ広場の片隅に横たわったままだ。

竜騎兵たちの足元を器用にすり抜けて、犬ほどの小型のモグラが遺体に食らいついた。側にはダニシュがいたのだが、彼はいまだ嘔吐《おうと》の真っ最中で戦力になっていない。

今度はクラウは間に合わなかった。

腐れ神はモグラを模していた。だがマクシムの腑《はらわた》を食らうなり焦げ茶色の毛並みがどろりと溶け落ち、ぼこぼこと粘液が沸騰したかのように泡立つ。腐れ神が崩れて消えるときの現象にも似ていたが泥は乾くことなく、一気にその体積が倍増した。

「……そんな」

『全員、退け！』

愕然とするクラウの代わりに大音声で呼ばわったのはリアだった。

この非常事態にあっては「誰の声か」を気にする者はいなかったようだ。さすがに経験豊富な竜騎兵たちは声を聞くなり即座に地を蹴って後退、あるいは振り返って状況を確認する。

顔を覆う兜のせいでその表情が見えなくとも、驚愕がはっきり伝わってきた。

「まさか……」

腐れ神は食らった生物の外見を見事に模写してみせるが、目の前のそれはいつもの芸に比べればお粗末だった。すでに死亡していたこと、また腐りかけた肉を食らったせいで中途半端にしか情報を得られなかったのかもしれない。

だが、それは今の人間たちには何の慰めにもならない。

――それは、あたかも臓腑《ぞうふ》と泥を捏《こ》ねた粘土を素材とした彫像だった。

腐れ神の大きさはさまざまだが、目の前のこいつは広場に鎮座する竜基《スタバティア》〈イルセラント〉ほども高さがある。身長の数倍もありそうな巨大な像はそれだけで踏み潰されそうな恐怖を人間に与えた。

造形は粗い。ただし何を模したかは読み取ることができる。

「……ロード・イルセラント」

巨大な土塊《つちくれ》が載せているのはまぎれもなくマクシムの顔だった。

『…………』

ゆっくりと腐れ神……〈マクシム〉は首を動かす。

その視線を辿った先にあるのは竜基《スタバティア》である。もとより腐れ神の狙いは竜基《スタバティア》だったからそのこと自体は驚かないが、領主《ロード》、すなわち竜基《スタバティア》の管理者だったマクシムの顔を貼り付けているのはあまりに皮肉な光景だ。

「ひっ……」

ここで、吐き気を堪えていたダニシュがとうとう広場から駆け出して行ってしまった。

彼の麾下《きか》の竜騎兵ですら呆然と立ち尽くしているから、あのダニシュでは無理からぬことではある。もっとも、これまで地位を与えてくれた伯父の顔にその態度はないだろうという気がしないでもない。

「そうまでして玉座は欲しいものなのかな、ロード……いや、マクシム・インヴォルク」

クラウは呟《つぶや》く。ただ誰に聞かせるでもない感傷に過ぎなかったのだが、

『ガラクタめ、……が、おう……きさまに、なにが……分か、る』

巨大な口から声らしきものが発せられた。

「こいつ、中身まで真似できるのか！」

形質のみならずその記憶まで、喰いちぎった遺体から読み取れる個体もいるらしい。クラウの蔑称を知るのは領外の腐れ神ではなく、マクシムを筆頭とする貴種《ブルーブラッド》たちだ。

『おお？　こやつ、器用なことだな』

人々が愕然とする中で、リアの声だけが平然としている。

それは〈リア・ファール〉にとっては小型のモグラより巨大な像の方がむしろ相対しやすいからだろう。泥と臓物の粘土細工を、自身の刃で斬れないことはないであろうし。

その面白がるような口調は、クラウにいくらか冷静さを取り戻させた。

『だが無駄なことだ。あの出っ腹を真似たところで、何の役に立つものか！』

威勢よく吠えるリアの声を聞きながら、クラウも一気に踏み込んだ。

腐れ神の意図はどうあれ、敵が力を付けるのをわざわざ待ってやる道理などない。白銀の刃は狙い違わず巨像の腱のあたりを叩き、〈マクシム〉は倒れこそしなかったが、がくんと大きく態勢を崩して動きを止める。

『それ見たことか！』

『こ……の、ガラクタ風情があああああああ!!』

リアの快哉《かいさい》と巨像の怒声が重なるが、

「……大きすぎるな、これは」

対照的に、クラウは苦い顔で呻《うめ》いた。

今の一撃で踝《くるぶし》にヒビを入れたが、〈マクシム〉はさしたる痛痒を感じていないようだ。

竜具の一撃だから、腐れ神に傷を負わせることはできる。だが巨岩に小石を当てたところで何も変わらないのと一緒だ。さきほどは〈マクシム〉が躓いてくれたが、多少の衝撃など無視されればそれまでである。

そしてクラウに……イルセラント市の防衛のためには、何より時間がない。

この巨大な〈マクシム〉の他にもモグラ型の腐れ神はまだまだ大勢残っている。それに、

「くそ……！」

背中越しにも市街地の喧騒、悲鳴が膨れ上がっていくのが伝わってきた。

市民の大半は広場から城壁、あるいはその外まで逃げ出そうとしているが、逃げ遅れたり不安げに戦いの様子を見守っている人々も多かった。彼らの叫びはたちまち連鎖して、市内全域に絶望として広がっていく。

それも当然だろう。

このイルセラント市の中心の広場は、領の礎たる竜基《スタバティア》がある場所だ。そのはずが今、隣人の悲鳴につられて広場を振り返ってみれば、領民の守護者たる領主《ロード》が巨大な化け物になって立っているのだから。

〈マクシム〉がゆっくりと一歩踏み出す。

それだけで広場が地震のようにぐらりと揺れ、四方からいっせいに悲鳴が上がった。

「ありゃあ、領主《ロード》さま……か？」

「何だありゃあ、竜基《スタバティア》じゃないよな……あ、隣に竜基《スタバティア》がある、ってことはあれの大きさ……」

「ひッ、こっちを見た！」

本来であれば竜騎兵たちが市民の動揺を鎮めるべきだが、今は同じように混乱し、あるいはモグラの相手で手一杯だ。それを咎《とが》められる者はおるまい。

そんな恐れ慄《おのの》く領民たちの顔は、背の高い〈マクシム〉からはさぞやよく見えただろう。

『汝ら、この領民どもが』

どうやら内部も形状変化しているらしく、声はさきほどよりも滑らかだ。

だが、土で形作られた顔は苛《いら》立たしげな形に歪んだ。口元のあたりから土の欠片がぽろぽろとこぼれ落ちてくる。

『私を仰ぎ見て歓喜せぬとは何事か！』

領主《ロード》とは領民の庇護《ひご》者にして生命線、何よりも尊い存在である。

だが〈マクシム〉の叫びに、人々はますます恐慌状態に陥って逃げ出そうとしている。以前に見かけた領主《ロード》の行列のように、道路の端に避けて平伏する領民は誰もいない。

『醜い化け物めが、無理難題を言いおるわ』

「……あの人はまだ、自分がロード・イルセラントだと思ってるんだ」

リアは呆れた風だが、クラウは唇を噛み締めて呻《うめ》いた。

マクシムは確かにさきほど死んだのだ。骸をおもちゃにされているような不快感が腹の底から湧き上がってくる。これが〝神〟のやることだというのだから、なるほど人間への恨みは深いと思わざるを得ない。

『領主《コード》として、汝らには罰を与えねばなるまい！』

〈マクシム〉が吠えた。

その視線の先にあるのは、竜基《スタバティア》〈イルセラント〉だ。

マクシムの記憶と思考を写し取って自身が「マクシムである」と認識するに至ってしまったようだが、さりとて腐れ神としての目的……人間を滅ぼすことも忘れていないようだ。考えるだに最悪の組み合わせである。

『セラ!?』

「させるかッ!!」

その大樹の幹のような腕の一打を、いかに〈リア・ファール〉があるとはいえ、クラウが真正面から受けることは不可能だ。だが横から脚を刀身で叩いてわずかに軌道を逸らし、腕は竜基《スタバティア》をかすめて風切り音だけを立てた。

『ガラクタ風情が、この私に邪魔立てするかッ!!』

〈マクシム〉が喚《わめ》く。まるきり子供の癇癪だが、それを巨像がやるのだから手に負えない。

「もちろん、何度でもあなたの邪魔をしてやるさ！　俺はずっと、腐れ神どもから街と住んでる人たちを守ってきたんだからな！」

腹の底からクラウは叫んだ。

王都の砦でも、このイルセラント領でもそうしてきたのだ。やるべきことは変わらない。

「…………」

クラウは目だけ動かして広場の状況を確認した。

市内に侵入した腐れ神は、今はほとんどが竜基《スタバティア》と王族《クラウ》のいるこの広場に集中しているはずだ。

そして言うまでもなく、クラウが戦っている間も、イルセラント市の竜騎兵たちがこのモグラ型を追いかけ回している。

今は〈マクシム〉を相手取っているのはクラウだけだが、いずれモグラの掃討が終わればこちらの増援に来るだろう。

「ま、それまで一人で耐えろって言うんだから、じゅうぶん大変なんだけどな！」

クラウの呟《つぶや》きを〈マクシム〉の罵声がかき消した。

『ふん。王族《ノーブルブラッド》の面汚しが、むざむざ臣下を殺されて泣き言しか言えなかった孺子《こぞう》めが！』

ヤーヒムたちを引き合いに出されて、さしものクラウも顔を引きつらせる。

『は。ははっ』

にたりと〈マクシム〉が笑ったようだ。

嫌悪しか覚えないその表情は、不幸にもクラウにも見覚えのあるもの――昨日、フェイトン砦で見た、マクシム・インヴォルクの顔と同じだった。

『だから貴様はガラクタだと言うのだ、ならば雑草に足を取られて死ね』

クラウはとっさに〈リア・ファール〉を構えて、いつでも飛び出せるように重心を落とす。

だが〈マクシム〉はもう一歩踏み出す代わりに、土でできた口を大きく開いて、

『――――!!』

吠えた。

人間の耳に捉えられない音域の声は、しかし腐れ神には聞き取れたようだ。

広場のモグラどもが声にびくっと反応した。黒い目を何度か瞬かせた後、不意に竜騎兵に背

を向けて一斉に広場から走り去ってしまう。

後には呆気《あっけ》にとられた竜騎兵たちが残される。

『？　何があったのだ』

「しまった……！」

クラウは呆然と呻《うめ》くしかなかった。

市街地は大混乱だが、腐れ神そのものはこの広場に集中していたから、竜騎兵が総出で戦えばいずれ殲滅できるとクラウも踏んだのだ。だがモグラ型が「竜基《スタパティア》を無視して市内の人間たちを襲う」だけで、簡単に戦況は変わってしまう。

そのことをマクシムは認識していて、今〈マクシム〉に記憶を利用されたわけだ。

「え……あ、とにかくモグラを野放しにはできない！」

「ですが隊長、街中で一匹ずつ探すなんざ……」

「いいからやれ！」

竜騎兵が広場近くにいた一般兵を引き連れて飛び出していく。

兜に隠れて顔は見えないが、責任感の強そうな声には覚えがあった。以前に壁外で出会った指揮官役の竜騎兵かもしれない。

だが地方の領地とはいえイルセラント市は広大で人口も多い。この広場には二十人ほどの竜騎兵が集められていたが、この人数で市内を走り回ってモグラを殲滅するなど無理な話だ。しかも市街地は逃げ惑う市民でごった返して身動きが取れない状況である。

そして、手をこまねいて時間が経てば経つほど腐れ神は分裂して増えていく。

「どうする……？」

いくら思考を巡らせてみても、答えは一つしか出なかった。

戦力が足らない。いや、正確に言うならば指揮官が足らない。

このまま竜騎兵がばらばらに行動したところで埒が明かない。市民たちを誘導し、竜騎兵たちの居場所を把握して指示を出す人間が必須なのだ。だが本来ならばその役割を果たすべき守備隊長は役に立たず、領主《ロード》はあろうことか腐れ神と成り果てている。

「せめて、一人じゃなければな……」

ティラナはいるが、まだ彼女は広場に到着する気配はない。ヤーヒムや小隊の面々がいてくれたならクラウの指揮下で連携できたのだが……いや、亡くなった彼らには悪いが、それでも人数が足らない。

『神《おや》殺しの末裔《まつえい》ども、そして君主の顔を忘れた不忠者ども。疾く、死ぬがいい!!』

広場の中央で〈マクシム〉が高笑いしている。

『………』

クラウの手元で紅玉《ルビー》がちかちかと光った。

＊＊＊

ずっと昔、竜は人間の友だった。

異種族ではあったが両者は言葉を交わすことで親しくなり、ともに神殺しすら成した。

竜には人間よりも強靭《きょうじん》な身体と寿命があったが繁殖能力が不完全で、人間との合いの子しか作れなかった。イルセラントもやがて死んだが、強力な権竜《ロード》であったがゆえか、死後も魂だけ骨にとどまってこの世界を見つめ続けることができた。

己の足元に人間たちが身を寄せ合って、少しずつ数を増やしていくのは嬉しかった。

せっかく神の憤怒から生き延びたのに、相争って数を減らすのは悲しかった。

『――セラ』

そしてイルセラントは懐かしい同胞の声を聞くこととなった。

この領地にも竜具……死後に加工された竜の骨は何本もあるが、このように魂だけで共鳴できる竜はきわめて限られる。イルセラントとて死んでから竜と言葉を交わすのはリア・ファールが初めてだ。

『セラ。聞きたいことがある』

『ええ、リア・ファール。わたしに分かることであれば何なりと』

焦った様子で声をかけてきたリア・ファールに、イルセラントは頷いた。

記憶の大半を失っているらしいリア・ファールと、イルセラントが共鳴できるようになったのはつい先刻のことだ。イルセラントはこの領地の窮状を伝え、リア・ファールはそれに応えて人間たちと戦ってくれたが、ますます状況は悪化している。

『――〝王位継承の剣〟とは何なのだ？』

死んで竜基《スタバティア》となったイルセラントはこの場所から動けないので、他の領地や王都の情報は人間たちの会話から類推するしかない。リア・ファールとて今のこの世界について多くを知るわけではないはずだが、簡単に説明してくれた。

王城で竜具が失われていること、己も王都の倉庫で眠っていたこと。

『あなたは……リア・ファールは、自分がその〝継承の剣〟ではないかと思っているのね』

『……ああ』

王都ガラティアの出来事はイルセラントが死んだ後の話なので、彼女自身が知るわけではない。それでもある程度の事情は類推できた。

『違うわ。あなたはその〝剣〟ではない。あなたはガラティアではないもの』

言い切ると、はっきりとリアの落胆の気配が伝わって来た。

彼女が何を思って尋ねてきたのかは察せられるが、ここで嘘をつくわけにはいかない。

『それに、あなたが戴冠させたからとてマクシィに勝てるわけではないわ」

マクシィとはマクシムの愛称だ。イルセラントはインヴォルク家の代々の当主に竜基《スタバティア》として仕えてきたので、マクシムのことも幼い頃から知っている。……それが逆に彼には気に入らなかったのかもしれないが。

『それは、そうだが……』

『ねえ、リア・ファール。あなたは、あのガラティアの仔《こ》を王だと予言したの？』

『ああ。はっきりと視た。あやつが……クラウ・タラニスが、未来の王だ』

クラウという青年の名を呼んだとき、リア・ファールの声が強い響きを帯びる。

『ふふ、妾《わらわ》の未来の良人《おっと》なのだ。良い男だろう？』

声が弾むのにイルセラントは思わず感慨にふけった。自分が抱き上げてやった小さな竜が、誰かを好きになるほど成長したのだ。竜が地上から姿を消すほどの時間が経ったのだから、それも当然ではあるのだけれど。

『ねえ、リア・ファール』

イルセラントは穏やかに語りかける。

『あなたは〝玉座《リア・ファール》〟、王を予言する竜でしょう』

かつて、もっとも幼い竜の仔《こ》は〝剣〟ではなく王に添うものの名を与えられた。

『あなたはガラティアではないけれど、あなたにはあなたの役割があるわ』

『……うん』

『なぜ、人間には王というものが必要なのかしら』

ふと言葉をこぼしてしまったのは、イルセラントが主を失ったからかもしれない。

リア・ファールがわずかに驚いた気配がする。

彼女は少しだけ考え込んでから、珍しく訥々《とつとつ》と口を開いた。

『妾《わらわ》は王というものを覚えていない。だから、あのクラウしか知らないけれども』

『ええ』

『予言と似たようなものなのだと、クラウを見ていて思うようになった』

クラウは優れた資質を持つ青年だが、さりとて独《ひと》りで何でもこなせるというわけではない。戦闘は部下と連携してやっと切り抜けていたし、ヤーヒムやティラナの知恵に頼る場面も多かったという。

けれども進む方角は常にクラウが自《みずか》ら定めていた。

少しでも傷つく人が減るように、――未来がより明るいものであるようにと。

『クラウはいつも明るい方角を見ているから、そちらと同じ方角に目をやっていれば、自分も迷わない気がする。そう思えるのはきっと、素晴らしいことだ』

リア・ファールの〝予言〟は曖昧で、本来であれば盲目的に信じられるものではない。

けれど意味はある。予言の本来の意義とは未来をズルして知ることではなく、きっと「明るい未来がある」と確信することなのだろう。

『……そうね』

イルセラントも頷く。

あなたは良い持ち主を得られて幸せなのね、とは言えなかった。

竜基《スタバティア》は領内の出来事をすべて知ることができるが、逆に言えばそれだけであり、イルセラント自身が何か手出しできるわけではない。だからマクシムの蛮行もただ見ているしかなかったし、とうとう道を誤らせてしまったという悔恨は強い。

『そうだ、セラ、そなたはどうなる？　さっき主人を失ったばかりだろう』

そこでリア・ファールがはっとした風で問いかけてきた。

実のところ、イルセラントにとって管理者は必ずしも必要なものではない。魔力の供給が途切れて竜基《スタバティア》の機能が失われればこの魂も消えてしまうのかもしれないが、もとより死んだ身の上であるし、それを恐れる気はあまりない。

『そうね、話し相手があなたしかいなくなって寂しくなるけど……それだけね』

『セラ！』

リア・ファールが自分を呼ぶ声が怒りを帯びる。

そんな無責任な、とでも言いたいのだろう。気持ちは分かる。浄化結界が消え失せて権竜《ロード》の護りが失われればこの領地の人間たちは滅びるしかない。人間は単独では生きられない脆《もろ》い生き物なのだ。

『新たな主人を見つければ良いではないか！』

『リア・ファール、あなたは簡単にやっているけれど、魂だけで話すというのは大変なのよ』

イルセラントは苦笑した。

その権能はイルセラントも持たない。インヴォルク家の始祖はかつて別の竜から血とともにその能力を与えられたので、末裔《まつえい》のマクシムにはどうにか話しかけることができていたが、それも相当な制約があった。

それに、とイルセラントは思う。

死してものになった身の上であり、もはや持ち主を選べる身でもないけれど、

『それでも、心から望んでくれる人間であってほしいの』

おそらくマクシムにとって領主《ロード》という地位は幸せなものではなかったのだろう。

生まれたときに次期領主《ロード》と定められた彼に選択肢はなかった。当人はそれを疑問に思ったことはなかっただろうが、望んだことがないゆえに欠落していたものは何だったのか、さきほどリア・ファールの言葉でやっとわかった気がする。

すなわち、未来に希望を持つこと。

＊＊＊

頭上で〈マクシム〉が腕を振り上げるのが見えた。

市街地にモグラを解き放たれたが、竜基《スタバティア》を破壊されれば終わりという状況は変わらない。

さきほどクラウが砕いた足を回復させ、重い足音を響かせながら、〈マクシム〉は一歩を踏み出した。それだけで広場の中央に佇む明灰色の竜基《スタバティア》がぐらりと揺れる。武器にもなる頑丈な骨なので倒れたくらいで壊れることはないだろうが、あの巨体で踏み潰されればどうなるか、実験させてやるわけにはいかない。

『セラに触れるな、亡霊風情がッ！』

リアが吠えると同時に、クラウは近くの木の幹を蹴って跳躍した。

リアの気合の賜物《たまもの》か、刃は〈マクシム〉の膝にあたる箇所を狙い通りに叩いた。さきほどと同じ手ではあるが、今のクラウにはこうして動きを封じるのが精一杯だ。

だが〈マクシム〉もそこまで甘くはなかった。

広場の中央で巨体がぐらりと傾ぐ。もとより脆《もろ》い土でできた像であるし、竜基《スタバティア》を踏み潰す前に自重で丸ごと潰れてくれればいちばん楽だったのだが、

「危ない！」

後ろで誰かが叫ぶのが聞こえた。

自重で足首が折れるのも構わず〈マクシム〉は腕を闇雲に振り回した。クラウはとっさに〈リア・ファール〉を構え直したものの、腕の旋回に巻き込まれて剣ごと吹っ飛ばされ、広場の隅の植木に叩きつけられる。

「がはっ……」

なまじ人間形態をしているものだから油断した。中身はともかく身体は土でできているのだから、壊れながら攻撃するなどという芸当も可能なのだ。

そしてクラウが背中を強く打った痛みで息もできないのに対して、あちらは折れた足など無視して立ち上がれるときている。

「やば……」

「——クラウ様！」

そこでクラウとリアの耳を、よく知る声が打った。

馬を駆って広場に駆け込んできたティラナは、ドレスの裾を翻して走る馬から舞い降りた。その着地点には〈マクシム〉の腱があり、鞍《くら》を蹴ると同時に彼女は短剣を振り被っている。

クラウとティラナのどちらを攻撃すべきか、〈マクシム〉は迷ったようだ。そのわずかな隙

にティラナは巨体の足元をすり抜けてクラウに駆け寄り、なかば引きずるように彼を攻撃圏外まで退避させる。

「ティラナ!!」

「遅くなりまして、申し訳ありません」

破顔するクラウにティラナは惚れ惚れするような仕草で一礼した。

彼女はすぐさまクラウの側に駆け寄ってきて、痛みで動けない主君を庇《かば》って前に出る。

「砦の近くでも見えていましたが、本当にあの無礼者なのですね」

ティラナは〈マクシム〉を見上げて柳眉をひそめた。巨大な像は広場の外からでも見えていただろうが、間近で見ると余計にその異様さが分かる。

「短剣は見つかったんだな、……よかった」

「はい、砦の保管所にありました。収容者の安否も確認できれば良かったのですが……」

「いや。よくやってくれた」

確認したいことは山ほどあるがすべてはこの危機を脱してからだ。

ようやく立ち上がれるようになったクラウは、〈リア・ファール〉の柄を握り直す。

「……殴られると頭がすっきりするもんだな」

あまり好き好んでやりたい気分転換ではないが、迷いはいくらか晴れた。やけっぱちで開き直っただけという感もあるが、まあ今はどちらでもいい。

「指揮官が、必要だっていうなら……」

その重要性をクラウは身に染みて知っている。

〈リア・ファール〉は誰よりも強い剣だけれども、さりとて自分独《ひと》りでは何もできない。この領地の竜騎兵をはじめとする人々の力を束ねて戦うしかないのだ。そして、そのために必要なのは情報。

クラウの前ではティラナが短剣を構えて、立ち上がる〈マクシム〉を見据えている。


——思う通りにやりなさい。

——そうしてりゃあ、その先に玉座とやらも見えてくるでしょうよ。


そんなことを、あの短剣の持ち主に言われたのだった。

無意識のうちに大剣の柄を強く握りしめながら、クラウは口を開く。

「リア。君は〈イルセラント〉の声が聞こえるんだな」

『ああ』

「なら〈イルセラント〉に教えてもらいたいことがあるんだ。中継してもらえるか」

早口で問うと、わずかに白銀の刀身が震えたようだった。

本来、竜基《スタバティア》と対話して情報を得るのは領主《ロード》にしかできない。だがリアは〈イルセラント〉と話せるのだから、彼女を通せばいいだけの話なのである。領主《ロード》の権限だからとすっかり思考から除外していたが。

「俺は、ここの領主《ロード》でも何でもないけど」

腐れ神の数と配置、このイルセラント市の地図、散らばった竜騎兵の居場所、それらを統括して指揮する必要がある。本来やるべき領主《ロード》がいないならば可能な者が代行するしかない。

「これ以上、死なせないためなら、使えるものは何でも使ってやるさ」

呟《つぶや》く。

と、そこで不意にリアがクラウの手から抜け出して、少女の姿となった。

『聞いたな、セラ』

「……？」

「我が王にして、妾《わらわ》の未来の良人《おっと》だ。――不服か？』

クラウではない誰かに語りかける。一拍ほどの間をおいて彼女は満面の笑みを浮かべた。

「妾《わらわ》は〝玉座《リア・ファール》〟、王を予言し、王の傍らに在る竜だ」

ふわり、と。

リアがクラウの肩に手をかけて精一杯に背伸びをする。

「本当であれば、大勢の臣下の前で王冠を被せたいところだが――」

白く細い指がクラウの唇をなぞった。かっと一瞬で頬が熱くなり、思わずごくりと息と唾をまとめて飲み込むと、わずかに鉄の味が混じった気がする。どうやらリアの指に小さな傷が付いていたらしい。

クラウがぽかんと目を瞬かせている間に、リアも真っ赤な顔のまま大剣に戻ってしまった。

『とはいえ今は手元に王冠がなくてな。これで許せ』

「いや、ええと……」

自分はただ〈イルセラント〉から情報を得たいだけなのだが、なぜ唇なのか分からない。

「うわ!?」

「きゃ……」

背後に庇《かば》って守っていた竜基《スタバティア》が突如として光を発する。

夜空の月を地上に降ろしてきたかのような白く冴え冴えとした光だった。リアの白銀の刀身にも似ているが、しかし規模と光量が段違いである。クラウは竜基《スタバティア》に背を向けていたために目を灼《や》かれずにすんだが、ティラナや広場の外からいくつも悲鳴が上がった。

唐突な出来事に唖然《あぜん》とするクラウに、

『――初めまして、未来の王』

「うわ!?」

突如として声ではない声、若い女の声が耳ではなく脳裏に響く。

思わず声を上げてしまうが、相手は『ごめんなさいね』と小さく笑ったようだった。

『リア・ファールの血を入れないと、わたしの声を聞いてはもらえないから』

「え?……ええ」

その言い回しでようやく彼女の素性が分かった。

セラ、すなわち〈イルセラント〉だ。クラウたちの背後にそびえる巨大な権竜《ロード》の骨、そこに宿る魂が、声なき声でクラウと対話しようとしている。

「ってことは……でも俺はイルセラントの領主《ロード》でも何でもないんだぞ？」

竜基《スタバティア》との対話は領主《ロード》の特権だ。リアに中継を頼んだのも苦肉の策だったが、まさか本人(？)が出てくるとは思っていなかった。

『何を言う、そなたはいずれ王となる男なのだ。その前に領地のひとつやふたついただいたところで問題あるまい？』

「問題ありまくりだろうそれは!!」

自信満々に言い切るリアにクラウは喚《わめ》いた。

とはいえ前からこんな調子のリアはともかくとしても、セラまで何も異論がなさそうだから驚きである。人間には聞こえないところで竜たちで何か話していた風ではあるが、もう少しこちらにも事前に相談してほしいものだ。

「――クラウ様！」

ティラナが焦《あせ》ったように叫んできた。

リア、そしてセラとの対話は実際はたいした時間ではなかったはずだが、ふたたび〈マクシム〉が立ち上がった。こうしてセラと対話できるようになった今、竜基《スタバティア》は何に代えても守りきらなくてはならない。

『さあ、我が王よ。今からそなたがロード・イルセラントだ。どうする？』

「ロード……ああ、そうか」

ロード・イルセラントとは、イルセラント領主《ロード》にして竜基《スタバティア》の管理者の称号《タイトル》である。竜基《スタバティア》〈イルセラント〉との対話権を得た今、自分が新たな〝ロード・イルセラント〟なのだ。

「街の、腐れ神の位置はわかりますか!?」

はるか年上の女性が相手とあって、思わずセラに敬語になるクラウである。

どうやらセラはクラウの思考を読んでいる節があるが、慣れないクラウにはたとえ独り言のようになっても声に出した方が会話しやすい。

『任せてちょうだい』

尋ねるなりクラウの脳裏に地図らしき絵が浮かんだ。以前にヤーヒムがイルセラント市の見取り図を見せてくれたが、それを詳細化したもののようだ。どうやら竜の魂とは声でなくとも意思の疎通が図れるらしい。

そして地図に重なって市内のあちこちに赤い点が見える。

これがおそらくモグラどもの現在位置なのだろう。

「モグラは全方位に散ってるな……逆に竜騎兵は東に集中しすぎてる、くそっ」

だが、どうやって竜騎兵や警備兵を指揮すべきか。

これが城壁の砦から出撃するのであれば全員を集めて作戦内容を指示すればいいのだが、今は兵たちはモグラを追って市街に散ってしまっている。この広場から大声で怒鳴ったところで市内全域に声は通らない。

「そもそも俺の指示を出したとして、聞いてもらえるかというとな……」

東のフェイトン砦の兵は第三王子クラウの顔を知っているはずだが、いくら領主《ロード》が死んだとはいえ、よそ者の命令に従えるかというとまったく話は別だろう。

「ッ！」

そして言うまでもないが、セラとの対話中も戦闘は続いている。

ちょこまかと走り回るクラウが目障りらしく、〈マクシム〉はなおも踏み潰そうとしてくるが、死角から潜り込んだティラナが短剣でまたもや足の腱を破壊して足止めした。どうやらマクシムは武芸はさほど得意ではなかったようだ。

「つまりは、クラウ様が新たな領主《ロード》であると皆に知らしめれば良いのですね？」

クラウの側まで駆け戻ってきたティラナが言った。さすがに彼女は状況把握が早い。

「ああ」

「あの腐れ神は、顔も中身も〝マクシム・インヴォルク〟を受け継いでいるのですよね」

「傍目《はため》にはそう見えるな」

ティラナは油断なく短剣を構え直しながら、クラウを庇《かば》うように前に出た。

古びた竜具の短剣を握る手には、クラウにも分かるほどはっきり力が籠もっている。

「人格……あの、外道な性根も？」

ティラナの言葉に皮肉げな響きが混じった。

「たぶん」

「ならば、問題ないでしょう」

断言したティラナにクラウは目を丸くし、リアとセラすら驚いた気配があった。

「あの者にみずから宣言させれば良いのです。マクシム・インヴォルクは第三王子クラウ・タラニス殿下に領主《ロード》の地位を譲ったと」

ティラナは一瞬だけクラウを振り返って、肩をすくめて見せる。

その表情と仕草は、クラウにかつての短剣の持ち主を強く思い出させた。

＊＊＊

ダニシュ・ハウガンは必死に城壁に向かって走っていた。

「なんで、なんで僕がこんな目にっ……」

竜騎兵の板金鎧《プレートアーマー》が重くて、石畳に蹴つまずいて何度も転びそうになる。今すぐに脱いでやりたいのだが付き人か侍女《メイド》がいなければ金具を外すこともできない代物なのだ。せめて腰に佩《は》いた剣だけでも投げ捨ててやろうか。

そもそもダニシュは最初から伯父マクシムの案に反対だった。

王都の中に腐れ神を入れるのは勝手にしてくれという感じだったが、イルセラント領の中となれば話は別だ。領内で何か起これば、実際に指揮を取るのは砦の守備隊長の自分なのである。

あまつさえ伯父はクラウ王子を腐れ神に口封じさせると言い出した。

王子としては問題外だそうだが、それでも王族は王族である。いくら直接手を下さないとはいえ殺すのはまずいんじゃないかなあ、とダニシュは思ったが言い出せなかった。

幸いにして勝手に生き残ってくれたけれども。

その後も最悪だった。

下手に腐れ神をモグラ型になどするものだから地中から城壁の中まで入り込まれてしまうし、あまつさえ伯父の顔をした巨大な化け物が生まれてしまうという有様である。

「はあ、はあっ……」

腐れ神のせいで市内は大混乱だった。さきほどまでは広場に集中していたのだが、今は市街のあちこちに散ってしまったようである。

「……どけ！」

人混みの中で男が老婆を突き飛ばすのが見えた。

老婆は石畳に身体を打ち付けたのか立ち上がれない。周囲には何人も目撃者がいたが、逃げるのに精一杯で老婆に手を貸す余裕はない。男は脇目も振らず走り去ろうとし、

「おい」

その肩をダニシュは後ろから力ずくで掴《つか》んだ。

「この者に怪我を負わせただけではなく謝罪もしないとは、何様のつもりだ！」

「は、はいっ……」

板金鎧《プレートアーマー》で全身を覆っているのは竜騎兵、すなわち貴種《ブルーブラッド》であることは常識である。非常事態とはいえ身分の高い……睨まれてはまずい相手とあって、男はいろいろな意味で泣きそうな顔で何度も頷いていた。

「ああもう何をやってるんだ、鈍臭いんだよババァ！」

領主《ロード》一族とは思えない悪態を付きながらも手を貸してやる。

老婆が無事に立ち上がったのを確認してから、ダニシュもなおも道をひた走った。

「城壁に着いたら……そうしたら、僕は助かる」

砦を封鎖してしまえばモグラどもは石壁を這《は》い上がっては来られないはずだ。そうすれば自分は助かる。そうすれば……

「……え？」

そこでダニシュは視界の端に強烈な光を感じた。

太陽が街並みの向こうに沈みつつあるこの時刻に、いや朝日であってもここまで強烈な光を発することなどない。ましてや温かみのある陽光ではなく、まるで月を地上に降ろしたかのような真っ白な――

「……いや」

この光をダニシュは一度だけ見たことがあった。

もう十年以上前、まだ幼い頃のことだ。イルセラント領の先代領主《ロード》が死の寸前にようやくマクシムに家督を譲った際、式典でこの光を見た覚えがある。竜基《スタバティア》は普段はただの骨の塊といった風だが、それが清冽《せいれつ》な白に輝いたから驚いたものだ。

そこまで思い出したところで、ダニシュははっとして振り返った。

マクシムはさきほど自分の目の前で食われたではないか。竜基《スタバティア》の継承などできるはずがない。

ならば、あの光はいったい何だ？

「なあ、あれって竜基《スタバティア》の方角じゃ……」

「嘘よ、あたしたちみんな死んじゃうの!?」

どうやら継承式を思い出したのは彼ではないようで、何人もの市民が思わず足を止めて公城の方角を振り返っている。ただでさえ狂騒に陥っている街での異常事態とあって、二色の光に照らされる人々の顔はみな焦燥で翳《かげ》った。

さらには、

『ふざけるな!!』

日没の空気をびりびりと震わせて、広場から市街へと大音声が響き渡った。

あの〈マクシム〉の声だ。素体は粘土像に過ぎないので本物と比べれば声はだいぶくぐもっているが、見上げんばかりの巨体だけあって、ダニシュのいる城壁近くでも声をはっきり聞き取ることができる。

さっきから何度か声は聞こえていたのだが、今回のこれはひときわ大きく、恐ろしい。

『タラニス家の恥曝《さら》し、売女の倅が何をほざくか！』

どうやら広場でクラウ王子と罵《のの》り合っているようである。さすがにここまでクラウニニの発言は聞こえてこないが、罵声と一緒に地響きが続いているのが恐ろしくて仕方がない。腐れ神をこんなに挑発するなんてあの王子は馬鹿じゃないか。

震え上がるダニシュの隣で、市民たちがひそひそと囁きあっている。

「タラニスって、ガラティアの王様のお名前じゃなかったかしら」

「お貴族様にはお家にも名前があるだろう？　王様にも家名ってもんがあるんだ、それだよ」

「ということは、王家の方があそこにいるの……？」

クラウ王子がイルセラント領を訪れていることは市民には知らされていない。

だが公城やフェイトン砦の兵など一部は承知している。そして、

『ロード・イルセラントはこの私だ！　断じて貴様のごとき〝ガラクタ〟ではない！』

〈マクシム〉の罵声は、ダニシュや関係者に対してこの状況を端的に伝えていた。

すなわち、さきほど竜基《スタバティア》が発した光はクラウ王子によるものであること。ひいては現在イルセラント領の竜基《スタバティア》を掌握する〝ロード・イルセラント〟は、あのクラウということである。

むろん、そんな事態になった経緯も理由はまったくもって不明だが。

「え？　え？……うっそぉぉぉおお!?」

思わず腐れ神から逃げることも忘れて、ダニシュはその場で頭を抱えた。

だが、彼にさらに追い打ちをかけるような出来事は続く。

「ん……？」

なんだか妙な声が聞こえた気がして、ダニシュはぶるりと身を震わせた。

市内全域が騒然としている今、おかしな物音などは嫌というほど聞こえてくる。だが罵声や悲鳴とは違う、耳に息を吹きかけられたかのような感じだった。言うまでもなく、竜騎兵のダニシュにそんな悪戯をする命知らずはいない。

気のせいかと思ったが、二度、三度とかすかな囁きは続く。

「何なんだ……何なんだよぉっ!?」

恐怖のあまり、ダニシュはとうとう腰から剣を抜いた。

領主《ロード》一族に代々伝わる竜具の剣だが、剣術が並み以下なのがバレるので、今まで人前ではろくに抜いたことがなかった。だが、今はそんな悠長なことは言っていられない。そして、

「うわっ!?」

剣を抜いた瞬間、囁き声が大きくなった。

『——アリステラ通りに二、広場から三番目の路地を右に入ったところに一！　アリステラ通りにいる三名で対応しろ！』

「ひっ!?」

話者の姿がまったく見えないのに、声だけが聞こえてくるのだ。これが恐怖でなくて、いったい何が恐怖だというのか。

しかも、ダニシュはこの声……少女のような高く通る声に覚えがあった。

クラウ王子が伯父マクシムの執務室を訪れた際、どこからともなく聞こえてきた声だ。クラウは「亡霊は便利だろう？」と嘯いたものの、マクシムはそれを「ガラクタ王子が間抜けな間諜を使っているだけだ」と鼻で笑うだけだった。

「ぼ、亡霊……本当にいたんだ……!!」

亡霊を使役し、マクシムから〈イルセラント〉を簒奪《さんだつ》し、あのクラウ王子とやらはいったい

何者なのだ。あの王子こそ化け物か何かではないか。

『――ダニシュ・ハウガン!!』

「ひっ!? き、聞こえてた、すみませんすみません僕は失礼なことなんか言ってませんっ」

『は？ そなた、何を言っておるのだ』

亡霊が呆れ返ったようだった。

『まあいい。ロード・イルセラントの指示を伝える、傾聴せよ！』

それは今やクラウ王子の称号《タイトル》のはずだ。ということは、この亡霊はやはりクラウ王子が使役しているということか。

『そなたの居場所から百三十メルトル先、マルゴ通りにもうすぐモグラが一体侵入してくる。周辺には老人が数名、すぐには逃げられそうにない。急げ!!』

「急げっ……て、そんな無茶なあああ」

なぜ亡霊は自分の所在地を的確に把握しているのか、腐れ神の行動を予測できるのか、その理由など見当がつくはずもなかったが、ダニシュは一つだけ確信した。命令を無視すれば腐れ神ではなくこの亡霊に殺される。

「…………」

ダニシュは涙目で、今まで宝の持ち腐れだった竜具の剣を見つめる。

竜の骨を磨いて作られた刀身が、うっすら夕陽ではなく別の色に輝いたかのようだった。

「うわあぁぁあああぁぁああ！」

結局、ダニシュはまたもや鎧をがしゃがしゃ鳴らしながら全力疾走を再開した。

＊＊＊

「やはり、当人の口から言わせるのがいちばん話が早いですね」

広場には〈マクシム〉の罵声が響き渡り、その大音声で頭と耳が痛くなりそうなほどだったが、それをティラナは馬耳東風と聞き流して涼しげに笑った。

『わははは、これは愉快だな！』

そしてクラウの手元でリアも高笑いしている。

『このっ……ガラクタどもが、女官風情が、ちょこまかと逃げ回りおってッ！』

「はっ、貴様のごとき醜悪な化け物、国王陛下が臣下の列に加えるわけがないでしょう。厨房でも皿洗いの役にも立ちやしない、せめて椅子の形に泥を捏《こ》ね直して出直して来なさいな、そうすれば尻に敷いてさしあげます」

『おのれ……おのれおのれおのれおのれええええええ!!』

びりびりと空気を震わせる〈マクシム〉の怒鳴り声に、クラウは反射的に目を閉じかけた。

イルセラント市の竜騎兵を指揮下に置くためには、まずクラウが竜基《スタバティア》を得たという事実を市内に周知しなくてはならない。そして現在、市内全域に声を届けられる存在と言えば、目の前の〈マクシム〉である。

ティラナはそう判断するなり〈マクシム〉を挑発にかかったのだった。

リアもそれに便乗して、少女二人がかりで〈マクシム〉を誘導、狙い通りに「クラウに地位を奪われた」と発言させることに成功したわけだが、

「ちょっと、知ってはいけない現実を見た気もする……」

幼馴染と未来の妻（自称）がさも楽しげに敵をおちょくり倒す様というのは、早々に忘れた方が良い気がした。今後、彼女たちとどう付き合っていけばいいのか自信がない。

思わず遠い目をするクラウの脳裏に、女性のくすくすという笑い声が響く。

『人間の知恵というのはすごいものね』

「知恵……そうですね、ティラナが持ってる短剣《グラン》の末裔《まつえい》は、頭の回る人でした」

セラに、クラウは泣き笑いのように答えた。

しかしティラナに頼れるのはありがたいことだが、ちょっと別のところまで受け継いだ気がしないでもない。ヤーヒムは「悪知恵をぜんぶ俺のせいにしないでくれませんかね」と地の底で文句を言っているかもしれないが。

なお少女たちが〈マクシム〉の誘導をしている間、クラウは何もしていないわけではない。

「……二体、アリステラ通りに向かってるみたいだな。大通りに集中してるな、人間の動きを理解してるのか？　まあいいか、――リア、北地区にいる竜騎兵に伝達してくれ！」

竜基《スタバティア》〈イルセラント〉を暴れ回る〈マクシム〉の攻撃から防ぎつつ、市街地の地図を睨んで逐次、指示を出しているのである。頭も身体もひとときも休まる暇がない。

通信はリアにしかできないので、クラウは彼女を通して応答と反応を知るしかない。

〝クラウ殿下……あのときの!?〟

リアを通じて竜騎兵の動揺が伝わってきた。

おそらくフェイトン砦に所属している竜騎兵なのだろう。クラウは数日あの砦に滞在していたし、昨日のこともある。あの虐殺はマクシムとダニシュの命令だったとはいえ、砦の兵たちにも恨み言を喚《わめ》いてやりたい。

けれども、それは後回しだ。

今は何よりも戦力が必要だし、彼らとて〝ロード・イルセラント〟の部下なのである。

『……我が王よ』

「わかってる。せいぜい、あの守備隊長殿だってこき使ってやるさ!」

そしてクラウはリアに次の指示を出した。

セラの提示してくる地図と脳裏での睨めっこを続けつつ、クラウはしみじみと呟《つぶや》く。

「しかし……すごいですね、これは」

戦場では、いかに迅速に情報を伝達するかが勝敗を分ける。

それを制約付きとはいえ、リアは馬も鳩も使わずにやってのけているのだ。

セラはリアから失われている過去の記憶もいくらか持っている。このリアの力の使い方は、状況を把握したセラが提案してきたものだ。

「まさか、この広場から全員に号令をかけられるとは……」

『この子は——リア・ファールは、〈玉座〉の名を冠されているのだから』

セラの声はどこか誇らしげだった。

竜具に残された魂と対話するリアの能力は、実は竜の中でも希少なものだという。

リアはそれをグランやセラとの意思の疎通にしか使っていなかったが、死んだ竜の魂すら励《れい》起《き》させる力は、本来きわめて強力なものである。なにせ、それは他人の竜具に勝手に干渉できるに等しいのだ。

ただし干渉と言っても制約は多く、声を届けられる範囲はせいぜい一、二区画、竜騎兵が竜具を抜いて魔力を注ぎ込んでいる間に限られる。両者が魔力で繋がっている間しか、竜騎兵を擬似的な竜（竜具）とは見做《みな》せないからだ。

それでもクラウからすればじゅうぶん常識離れした力である。

『号令……そうね、〈玉座〉の権能としてはその呼び方の方が相応《ふさわ》しいのかしら。竜《わたし》たちは、共鳴と呼んでいたのだけれど』

そこでクラウはふと不思議に思う。

セラは、この〈号令〉こそがリアが〈玉座〉たる所以と思っているようである。剣に変身できることよりもむしろ、こちらの方が尊いと言わんばかりだ。

『王のなすべきこととは、対話でしょう？』

クラウの疑問が伝わったらしく、セラはふたたび自慢げに答えてくれたのだった。

『おのれッ……‼』

頭上で〈マクシム〉が叫んだ。

土で形作られた体に血が通っているはずもないが、その表情はどこか青ざめて見える。

腐れ神どもにリアのような共鳴能力があるのかどうかは定かではないが、市街地のモグラ型がどんどん数を減らしていることは〈マクシム〉も理解しているようだ。なにより〈マクシム〉自身、いまだクラウに妨害されて竜基《スタバティア》を破壊できていないときている。

「どう出る……!?」

市街地の地図から目の前の〈マクシム〉に意識を引き戻して、クラウは剣を構え直す。

『――――!!』

巨像がふたたび吠えた。

さきほどモグラ型を市街地に散開させたときと同じだ。クラウはとっさに〈リア・ファール〉を振り上げて飛び出そうとしたが、ティラナが目線だけで制止してくる。

「問題はございませんでしょう。あの者は生まれついての貴種《ブルーブラッド》ですから」

クラウなどと違って、マクシムは生まれたときから領主《ロード》の地位が保証されていたような人物である。いざというときはともかく、普段は他人に命じるだけで自《みずか》ら手を動かすことはほとんどなかっただろう。実際、昨日の虐殺とて甥のダニシュに命じてやらせていた。

「私には腐れ神の考えはわかりませんが、マクシム・インヴォルクがやりそうなことくらいはわかります」

さきほどはクラウへの対抗策としてモグラ型を市内に解き放った。

そして劣勢になった今、ふたたび広場に呼び戻してクラウを襲わせようとするのではないか。

クラウは今やロード・イルセラントであり、〈マクシム〉にとっては必ず殺しておかないければいけない人間である。

「でも、それは……」

「ええ。私たちにとっても、望むところです」

皮肉げにティラナは微笑んだ。

そうなれば、クラウも戦力をこの広場に一極集中させることができる。市街地での消耗戦よりそちらの方がよほど難易度は下がる。

ついでに幸か不幸か、クラウは敵にまとめて襲い掛かられるのには慣れているのだ。

『――!!』

『全員、至急、広場まで戻れ！　モグラどもも広場に集まっている、こいつらを片付ければ、我々の勝利だ!!』

リアと〈マクシム〉の檄が同時に市街地を駆け巡る。

クラウにまで竜騎兵の歓声が聞こえてくるかのようだった。

『……すごい』

感嘆の声を漏らしたのはセラだ。クラウの脳裏に展開された地図の上でも、赤い点が見る見るうちにこの広場へと集まってくる。〈マクシム〉の命令、本能的に竜基《スタバティア》を襲おうとしている個体、そして奴らを追い立てる形で竜騎兵も市街からこちらに向かってきていた。

あとは。

「クラウ様……っ！」

ティラナが短剣でモグラの爪を斬り飛ばした。彼女はクラウに助勢したかったようだが、数体のモグラに囲まれてそちらにかかりきりになってしまう。

「大丈夫だ、――あとは俺で何とかする」

「ご武運を！」

そしてティラナの声を背中に受けて、クラウは最後の敵と相対した。

「さて、やっと一対一だ。……マクシム・インヴォルク」

頭上で〈マクシム〉が唸《うな》るのが聞こえた。

土像である〈マクシム〉に疲れなどはないはずだが、さんざん叫んだせいか巨像は大きく肩を上下させているように見えた。人間としての無意識の癖が残っているようである。

大きく息を吸ってから、クラウは宣言した。

「ロード・イルセラントの責務として、あなたを処断する」

最後のこの決着だけは、クラウが自身の手で付けなくてはならない。竜基《スタバティア》〈イルセラント〉を引き継いだ者として、ガラティア市から派遣されてきた警備兵たちの隊長として。

そして、それは〈マクシム〉も同じのようだ。

『貴様はッ、……貴様だけは許さんッッ!!』

腐れ神が真っ先に破壊するべきは竜基《スタバティア》のはずである。だが〈マクシム〉はとうとうその最優先目標をかなぐり捨てて、マクシム・インヴォルクの妄執そのままに、クラウに向かってヒビの入った腕を振り抜いてきた。

「……っぐ！」

巨体ゆえに動きはどうしても鈍重となるので、避けるだけならば難しくはない。だが今、この広場には竜騎兵たちがいる。

〈マクシム〉が腕を地面に叩きつける寸前、クラウは足元に滑り込んで剣を叩きつける。刃は小さなヒビを入れるに過ぎなかったが、拳は本来の軌道を逸れて、竜騎兵のすぐ側の石畳を砕いてすり鉢状の穴を穿った。

「……やっぱり重いな、くそっ」

巨像を見上げてクラウは呟《つぶや》く。

まるきり物語に登場する、巨人に立ち向かう小人の気分だ。

今のように攻撃の軌道を逸らしたり体勢を崩すことはできる。だからこそ今まで竜基《スタバティア》を守りつつ広場に足止めしておけたのだ。だが〝破壊する〟となるとまったく話が違ってくる。

「急所……はないだろうしな」

いかんせん〈マクシム〉は全身が土でできている。

そもそも腐れ神とは不定形の呪いである。これまで虫や動物を模写した腐れ神と何度も戦ったが、いずれも急所……一撃で仕留められる心臓のようなものはなかった。

倒し方は――理屈の上だけで言えば、あの〈マクシム〉を倒す方法はわかる。

すなわち、巨像を剣一本だけで粉々になるまで打ち砕くこと。

「……本当に理屈の上だけだな」

自分の考えにクラウは苦笑した。

「…………」

『我が王よ』

口を開きかけて黙り込んだクラウを咎《とが》めるように、大剣の紅玉《ルビー》がちかちかと輝いた。

『いったい何を恐れておる？　そなたは妾《わらわ》の斬れ味を知っておろう。妾《わらわ》にかかればあのような石塊《いしくれ》、砕くことなど容易いというに』

王都の倉庫でリアと出会ったとき、彼女は石造りの倉庫を吹っ飛ばしてクラウを生き埋めにしかけている。黄金の刃を見たのはあの一度きりだが、輝きはクラウとて忘れてはいない。

今までそれをリアに尋ねる機会がなかったのは、戦闘時にはたいてい小隊の仲間や村人がいて、彼らを巻き添えにする危険性があったからである。そして今は、

「俺が〝ガラクタ王子〟だから、……かな」

昔、クラウが触っただけで竜具はどれも壊れてしまった。

リアが触れたところで壊れないことは知っているし、今は逡巡している暇などないことは承知している。しかし〈リア・ファル〉にありったけの魔力を込めようとする瞬間、心のどこかで怯えてしまうのだ。

母は亡く、妹は病弱で庇護《ひご》が必要、頼りにしていた仲間は自分がこのイルセラント領に連れてきたせいで死んだ。もう大事な人々に去られるのは嫌なのだ。

――リアまでいなくなってしまったら。

『我が王よ。グランの裔《すえ》は、最期に何と言っていた？』

「……好きにやれ、ってさ」

『あの男は見込んでいた若者を庇《かば》って――自身でそう決めて死んだのだ。思う通りに生きたのはそなただけではない。いらぬものまで背負いこむのは死者を冒涜することになると知れ』

記憶はなくとも、それは長い時間を生きてきた竜の言葉だった。

「……そうだな。悪かった」

クラウは首を振って意識を切り替える。

『むろん妾《わらわ》とて好きにさせてもらう。妾《わらわ》はな、あの赤毛で出っ腹で頭がぎとぎとのあの男が最初から気に食わんかったのだ。一発見舞ってやらねば気がすまんから、協力しろ、王よ！』

その言い回しはいかにもリアらしくて、クラウは思わず笑ってしまった。

そして息を吐きながら柄を握る手に力を込める。

クラウのありったけの魔力を受け止めて、白銀の刃が黄金の輝きを帯びた。夕暮れから夜の帳が降りつつあるイルセラントの空と逆行するかのように、月の冴え冴えとした白光から、夜明けの太陽の眩さを纏《まと》っていく。

同時に〈リア・ファール〉の刀身が本来の数倍にまで伸長した。

「うわ!?」

さしものクラウも驚く。あの倉庫では剣から何本もの光線が走ったように見えたが、実際は黄金色《こがね》の刃が無軌道に振るわれていたらしい。

もはや剣というより鞭のような形状だが、不思議とクラウの手にすんなりと収まった。

『何だ、それは――ぐわぁッ!?』

クラウが遠心力に任せて振るった刃は、轟音とともに巨像の右肩をごっそり抉り取った。

それはもはや、斬るというより叩き割ると言った方が正しい。

「よし、――届く！」

『おのれっ……』

〈マクシム〉が怒って右腕を振り下ろしたが、その勢いでとうとう右腕が捥《も》げて轟音とともに広場に落下する。おそらく土人形の身体には痛みがないのだろう、自身の限界も自覚できていないようだ。

「っと！」

さらにクラウは落下した腕を踏み台にして跳躍、膝に横から大剣を叩きつける。

今にもクラウを押し潰さんとしていた〈マクシム〉は、そこでがくんと体勢を崩した。

『ぐあっ……』

右腕、膝から下、耳、一撃ごとに〈マクシム〉は身体を削り取られて小さくなっていく。

巨体ゆえの鈍重さもあるが、マクシム自身が武芸が得意でなかったせいもあるだろう。そういえば彼の甥のダニシュも似たようなものだった。

そんなクラウたちを、モグラ型を追いかける竜騎兵たちが唖然《あぜん》と眺めているのが見える。

それはそうだろう。これは、もはや戦いと呼ぶにはあまりに一方的だ。

『なぜだなぜだなぜだ……！』

連呼する〈マクシム〉にもはや老獪《ろうかい》な大貴族の面影はない。

だが、セラの嘆きがかすかに聞こえた。こちらが本来の顔だったのかもしれない。

「簡単なことだ。あなたは領主《ロード》として決定的に間違えた！」

領主《ロード》とは竜基《スタバティア》の管理者、土地を浄化して人々の安寧を守る役目を負った者である。決して王都の権力争いに汲々《きゅうきゅう》として、己の民を道具として使う者のことではない。

『私は領主《ロード》だ。この領地を発展させる責務があるのだ。その何が悪い！』

「ならばこの街と領地を見てみろ！　この有様が、あなたがやったことの結果だ！」

クラウは叫んだ。

だいぶ小さくなった〈マクシム〉だが、まだ市内を見渡せる程度の背丈は残している。

その目に映るのは石畳のあちこちに走る亀裂、恐怖に顔を歪めて逃げ惑う市民、色彩を統一された街並みのそこかしこで上がる火の手、重なり合う悲鳴。そして城壁の向こうにいまだ残る、昨日の虐殺の跡。

捏《こ》ねた泥に穿《うが》たれた目からは表情の変化が読み取りづらい。

だが、その目が不意に切れ上がったのが足元のクラウにもわかった。

これはクラウには知るべくもないことだが、逃げ遅れた平民の若い娘が〈マクシム〉を見上げていたのだ。人間など簡単に踏み潰せそうな巨大な腐れ神、それが領主《ロード》の顔で見下ろしてくるのだから恐ろしくないわけがない。

〈マクシム〉にとって、民草とは己を崇敬の目で見上げるものに他ならない。

それが己を仰ぎ見る栄誉に与《あずか》っておきながら、怖がるとはどういうことだ。

『馬鹿な馬鹿なッ、領主《ロード》はこの私だ！』

「ならば耳をすませてみるといい、〈イルセラント〉の声が聞こえるかどうか！」

そこで〈マクシム〉は愕然として動きを止めた。

もしかしたら、彼は本当に今まで気づいていなかったのかもしれない。いや、竜基《スタバティア》とは常に領主《ロード》たる己に従うものであり、失う可能性を微塵も考えなかったと言うべきか。

「聞こえないだろうから、代わりに俺が伝言を頼まれた。……ごめんなさい、マクシィ、と」

『ふざけるなふざけるなふざけるなふざけるなッ!!』

血を吐くような叫びもまた次第に小さくなっていく。

これまで苦戦してきたのはマクシムの記憶と人間の知恵を使って状況を撹乱《かくらん》されたからである。それを忘れてただの図体のでかい化け物に成り果ててしまった今、もはや〈マクシム〉に勝ち目はない。

クラウは残り少ない魔力を搾り出しながら、長大な〈リア・ファール〉を振り上げる。

「人間をいちばんうまく殺せるのは人間だ。知っていたはずだろう？　神様」

そして、黄金の刃はヒビだらけの巨像を脳天から真っ二つに断ち割った。

終章　予言よりも

王城の執務室でユーリウス・タラニスは書類に目を通していた。

ガラティア王国の実質的な運営者であるユーリウスのもとには、部下や各地の行政官からの報告書が次々に上がってくる。父王の代理という不安定な立場であるため、ユーリウス自身がサインをしなければ進まない案件が多いのだ。

だがそれを不満に思ったことはない。

地位と能力を得た者には、相応の義務があるというだけのことだ。

「——ユーリウス様」

「入りなさい」

部屋の隅に控えていた執事が、側近が手紙や書類を運んできたことを告げてきた。

その側近は中級貴族の子弟で、ユーリウスとは幼い頃からの付き合いだ。一礼もせずにずかずかと執務室に入ってきて、どん！　と紙束を積み上げるのに執事が嫌な顔をしたが、ユーリウスは顔色ひとつ変えない。

「進捗《しんちょく》はどうだ」

「マルガレーテは身柄を押さえて離宮に移した。ベルナルドも入口を固めて出られないようにしてある。ま、一生、自分の部屋でお昼寝しててもらおうや」

不遜きわまりない言い回しにユーリウスは苦笑する。

ここ一ヶ月ほど、ガラティア王城は蜂の巣をつついたような騒ぎだった。

なにせ直系王族が罪人とされたのである。正妃マルガレーテの諸権利の剥奪と離宮への幽閉、ベルナルドはさすがに王の正嫡とあって権利まで奪うことはできなかったが、たとえ軟禁が解除されたところでもはや彼は政治的には死んだと言っていい。

事態が急展開したのは、第三王子クラウがイルセラント領からよこした報告である。

「証人はどうしている？　それとイーグレット家の令嬢は」

「ティラナ嬢はエリーシュカから離れようとしねえ。もともとこの城の女官で抜け道も知ってるしな、下手に閉じ込めて逃げられるよりは好きにさせておくさ」

お手上げだ、とばかりに側近は両手を挙げてみせた。

「元ロード・イルセラントの親族の方は、おとなしいもんだな」

「聞き取り調査は進んでいるか？」

「こっちの言うことにゃ素直に答えてるぜ。お前の弟の報告と突き合わせても嘘は言ってないんじゃねえかな」

ユーリウスもほっと息をついた。

今回は処理しなければならないことが多すぎるので、少しでも手間が減るならありがたい。

二ヶ月ほど前のことだが、ユーリウスは異母弟クラウを北のイルセラント領に派遣した。

当時のロード・イルセラントであったマクシムに不穏な気配があったため、クラウが現地で調査したところ、〝王位継承の剣〟の噂はやはり罠、あまつさえ王都で腐れ神を大量発生させるつもりだったと明らかになった。その罪をユーリウスに着せるつもりだったというから手に負えない。

結局マクシムは自領内に腐れ神を招き寄せた上に自《みずか》らも命を落としたとのことだった。哀れではあるが、自業自得の結末ではあろう。

「ともあれ、これでマルガレーテの関係者の処分は一段落かな」

「そうだな」

事件後、クラウは腹心のティラナに報告書と証人を託して王都に送ってきた。

証人は領主《ロード》に仕えていた貴族が数名、中にはダニシュ・ハウガンというマクシムの甥にあたる人物も含まれていた。彼が素直に証言してくれたおかげで、マクシムから芋づる式に正妃一派の捕縛、処断にまでこぎつけられたのである。

「まあ、もはや本題はインヴォルク家の方ではないからね」

ユーリウスはさすがに疲れた顔で、書類の一番上に置かれた手紙を手に取った。

封蝋にイルセラント領の紋を用いたその封書は、ユーリウスしか開けられないものである。

差出人はクラウ・タラニス、併記された称号《タイトル》は〝ロード・イルセラント〟。

「あんのクソガキ、言うに事欠いて勝手に領主《ロード》を名乗りやがって！」

側近が苛《いら》立たしげに執務机を横から叩いた。どうやら執務室まで運んでくる最中に、差出人の名前くらいは読んでいたようである。

「仕方ないな、現在イルセラントの竜基《スタバティア》を管理しているのはまぎれもなくあの弟だ」

クラウがよこした報告書の内容はとんでもないものだった。

自分はイルセラントの竜基《スタバティア》を委譲された、よって自分が現在は領主《ロード》である、と。

「マクシム・インヴォルクがあのガキに竜基《スタバティア》を譲るわけがねえだろ!?　それを……」

「本当に、どうやったんだろうね」

ガラティア王国の歴史上、領主《ロード》の位が簒奪《さんだつ》された例はきわめて少ない。

たとえば大軍を率いて公城を落としたところで、竜基《スタバティア》を得られなければ領主《ロード》とは認められないのである。竜基《スタバティア》の引き継ぎは管理者（領主《ロード》）自身にしか行えないので、力ずくで奪うというのは非常に難しい。

「もし父上から竜基《スタバティア》を奪えたなら、私も楽なんだけど」

「……おいおい」

さんざん暴言を吐いていた側近が、今度はユーリウスの言葉に唇を引きつらせていた。

報告書を読んだユーリウスと貴族たちは当然ながら即座にクラウに王都への帰還命令を出した。だがクラウはその命令を突っぱねて手紙だけをよこし続けている。今しがた届いたこれも、きっと内容は同じだろう。

曰く「イルセラント領は復興が急務であり、また依然として魔の森の脅威に曝《きょう》されています。竜基《スタバティア》を預かる自分がこの地を離れるわけにはいきません」。

「あんのガキャア、いけしゃあしゃあと……」

「まったく、我が弟ながら立派になったものだよ」

ユーリウスはふたたび苦笑した。

「こちとら国王代行なんだぞ!?　領主《ロード》なんだろ、王様の命令なんだから聞けよ！」

「じゃあ聞くけど、もし君がクラウの立場だとして素直に帰ってくるかい？」

「そりゃあ……」

側近は言いかけたところで黙り込んだ。

国王と貴族の承認なく勝手に竜基《スタバティア》を得たことは到底認められるものではない。もしクラウが王都に戻ってきたとしたら、即座に拘束されて徹底的な取り調べが始まるだろう。マクシムからいかなる手段で竜基《スタバティア》を得たのか、そもそもイルセラント市での調査は正当なものだったのか。

〝ガラクタ王子〟クラウには王城に後援者がまったくいない。事実上の尋問、下手をすれば拷問に発展する可能性すら十分に考えられた。

「……俺でもヤだな」

「だろう？」

「だがなあ、お前があっさり納得してどうする！」

側近に喚《わめ》かれてユーリウスは肩をすくめたのだった。

「だがクラウがイルセラント領に居座る限り、こちらは手の出しようがないね。クラウが本当に竜基《スタバティア》を簒奪《さんだつ》したとなると、軍を送ったところでこちらの動きが筒抜けになるだけだ」

過去には何度か領主《ロード》が引き継ぎをしないまま急死した例があったそうだが、その場合は国王直々に新たな領主《ロード》を任命することで事なきを得たという。もしクラウから竜基《スタバティア》を剥奪できるとしたら、それは国王しかあり得ないのだが、

「父上は一昨日は目を覚まされたそうだが……でも、それもいつまで保つか」

ユーリウスはあくまで国王の代行であり、ガラティア王領の竜基《スタバティア》を引き継いではいない。王家が他領に介入できない絶妙の機会をクラウにまんまと利用された形だった。

「くそっ！」

腹立たしげにまたもや机を叩いている側近の横で、ユーリウスはため息をつく。

「――結局、私は弟と争う運命なんだな」

ようやくベルナルドの件が片付いたと思ったらこれである。

クラウをイルセラント領に派遣したとき、切り捨てる可能性を考えなかったとは言わない。だが同程度にはあの賢《さか》しい異母弟を信頼していたのだ。実際クラウは期待どおりにマクシムの謀《はかりごと》を暴いてくれた。その結末がこの簒奪《さんだつ》劇だったことは、もはや泣くべきか喜ぶべきかも分からないが。

「寂しいのか？」

「まさか」

ユーリウスは笑う。

肉親を愛してはいるが、それ以上に政《まつりごと》を滞りなく行うことは大切だ。政治を混乱させるので

あれば排除は当然のことである。

「それにしても、どうやって竜基《スタバティア》を奪ったのだか……」

そもそもクラウは〝ガラクタ王子〟の蔑称のとおり、貴種《ブループラッド》でありながら竜具を触ることもできなかったはずだ。出立時にクラウに渡したのは他領を通過する際に必要な書類と首飾り、旅費、そして使い物にならない剣一本――……

「……まさかな」

ユーリウスは首を振って自分の考えを打ち消した。

＊＊＊

クラウはイルセラントの公城から、城下の街並みを眺めていた。

竜基《スタバティア》〈イルセラント〉を掌握したことでクラウは〝ロード・イルセラント〟となり、この城の主となる権利を得た。とはいえそれはあくまで原則上のことであり、城に住まうインヴォルク家の人々や領内の貴種、それに領民が納得するわけがない。

だが前代領主《ロード》マクシムはあろうことか王都でことを起こすつもりだったとクラウが明らかにした。このままでは一族の人間は連座で処刑は確実、領内の中位貴族とてただでは済まない。クラウが直系王族だったことと、また彼が「処分は最低限に抑える」と約束したことで、彼らは渋々ながらも新たな主君を受け入れたのだった。

対して領民の反応は素朴なものだった。

イルセラント市民はクラウが竜基《スタパティア》を掌握したときの光、それを裏付ける〈マクシム〉の声、何より彼が〈リア・ファール〉を手に戦う姿を見ている。彼らにとっては領民の庇護者《ひご》こそが領主《ロード》なのだから、それを行動で示したクラウを拒む者はいない。

様々なことが重なった結果、クラウは領主《ロード》を名乗って今もイルセラント領に留まっている。

「これで良かったのかな……」

上階の執務室でクラウはぽつりと呟《つぶや》く。

机の上には王城のユーリウスからの召喚状が積み上がっている。戻れば命が危ういと拒み続けているが、はたしてこれで良かったのか、残してきたエリーシュカは無事なのか、後から後から心配事は湧き出てくる。

「そなたはずっと、それればかりだな」

クラウが慣れない書類と格闘している間、リアは暇なので執務机に座って脚をぶらぶらとさせていたのだが、不意に飛び降りてクラウに身体を寄せてくる。

露わになった肌が密着して、クラウは思わず身体を逸らした。

「むう。顔を赤くするだけではなくもうちょっと喜んでくれると嬉しいのだが」

「頑張って顔を赤くするだけに抑えてるんだって！」

上目遣いのリアから顔を逸らして、クラウは窓の外に目をやった。

イルセラントの城下町では急ぎ復旧工事が行われている。

市街地に侵入した腐れ神は広場の竜基《スタパティア》に押し寄せたこと、また〈マクシム〉も広場でのみ暴れまわったので、市街地の被害は想像よりは小さかった。それでも倒壊した建物や石畳の修復は必要である。

それに少なからぬ死傷者も出た。ミングス村の住人たちと学者ルパート、イルセラントの市民、ヤーヒムをはじめクラウ小隊の面々。

クラウが新たな領主《ロード》として受け入れられたのは、暫定的でも首長がいなければ復旧や救護活動ができなかったというのも大きい。むろん最大の功労者は被害状況を事細かに伝えてくれたセラであり、なるほど竜基《スタバティア》は重要だと改めて痛感させられた。

そして。

城からは城壁と空しか見えないが、旅をしてきたクラウはその先にあるものも知っている。城壁の外には丘陵地帯とのどかな村々、それを超えれば〝領〟の境界線がある。向こう側は腐れ神が跋扈《ばっこ》する領域、そして別の領地だ。

そうしていくつか貴族領を経由した先には、故郷である王都ガラティア。

「……なあ」

ふとクラウは呟《つぶや》いた。

「君は、予言でこうなることを知ってたのか？」

クラウがガラティア市でガラクタ呼ばわりされていたのはつい数ヶ月前のことである。それから紆余曲折があったにせよ、公城の最上階の窓から街を見下ろしていることが、クラウは今でも信じられないくらいなのだ。

「まさか。妾《わらわ》が見たのは、そなたと同じものだけだ」

出会ったときに燃え盛る倉庫で見た、戴冠式の一場面のことだ。

リアは自信満々にクラウのことを「我が王」と呼んでいたので、それ以外にも〝視た〟ものがあったのかと思ったが、違ったらしい。竜の予言というのは知りたい情報をすぐに得られるという都合の良いものでもないようだ。

「せめて、ユーリウス殿下の動向でもわかったら助かったんだけどな」

「妾《わらわ》を便利屋扱いするでないわ。それは領主《ロード》たるそなたの役目であろう」

軽く睨まれて、クラウは「ごもっとも」と小さく頭を下げた。

「それに、未来のことがすべてわかったところで、面白くもなんともあるまい」

それは正論ではあるが、クラウは首肯しきれない。「マクシムの思惑が先にわかっていれば、皆を死なせることもなかったのではないか」という考えは消えないからだ。

「セラこな、昔の妾《わらわ》について知っていることはないかと尋ねてみたのだ」

「――――あ！」

クラウは目を見張った。

セラはかつてリアと親しかったそうだし、リア自身も知らない〝共鳴〟の使い方も提案してきた。だがリア・ファールという竜の素性については、確かに何も語っていなかった。

「昔の妾《わらわ》はな、竜の中でもすごかったらしいぞ？　未来のことは何でもお見通しだったと」

リアの口調は珍しく、皮肉めいている。

「だが、昔の妾《わらわ》はいつもつまらなさそうな顔をしている仔《こ》だったと言っていた。今の妾《わらわ》を見て、セラも驚いたくらいだったらしい。……まあ、それもそうだろうな。結果も何もぜんぶ知っていたとしたら、そんなものは〝生きている〟と言えるものか」

リア自身はまるで他人事のように言ったが、クラウは唖然《あぜん》とするしかなかった。

クラウの知るリアはいつも好奇心に目を輝かせていて、退屈そうな顔など想像もできない。

だが、それは記憶と予言の力をほとんど失ってしまったせいだというのか。

それは憂うべきことかもしれないが、しかし、

「俺の出会った君はいつも楽しそうで、良かったよ」

「うむ。そうだろう、そうだろう？」

ますます身体を寄せてくるリアから逃げられず、クラウは硬直して耐えるしかなかった。

「我が王よ。あの街をよく見てみるといい」

かちこちと固まっているクラウの横で、リアは窓の外に目を向ける。

「失敗も、失ったものも大きかったのは知っている。だが、あの人間たちの営みは確かにそなたが守ったのだ。ならば胸を張るがいい」

「……うん」

そしてクラウの唇を、背伸びしたリアが指先でそっとなぞった。

白い指は少しだけ冷たく、自分の唇はかさついていて、何より唇と心のどちらもくすぐったい。クラウは動揺のあまりとうとう椅子から転げ落ちかけた。

「なつ、……君、もしかしてそれ気に入ったのか」

「うむ。我が妾《わらわ》のようにどきどきした顔をしてくれるのがいいな！」

ということはつまり、リアもクラウに触れるときにはそれなりに緊張しているらしい。彼女の態度や相変わらずの露出度からそんなそぶりはまったく感じられないので、知らなかった。

リアはクラウの頬をなおもむにむにとやりながら、

「そなたは決められたとおり王になるのと、思うまま行動して王になるのと、どちらが良い？」

「好きにやって、その結果として王になる方がいいな」

クラウの答えにリアは微笑む。

「うむ。ならば〝約束〟しよう。妃たる妾《わらわ》はずっと側にいて、そなたの敵を斬り捨ててやる」

その言葉は予言ではないが、ずっと尊いものに思えた。

「……ありがとう」

これから何が起こるかわからないが、〝玉座〟たる彼女が側にいてくれるならば。

自分はきっと思うままに生きて――その先にはきっと、あの戴冠式があるだろう。

あとがき

こんにちは、もしくは初めまして。藤春都と申します。

このたびは『ガラクタ王子と覇竜の玉座』をお手に取っていただき、ありがとうございます。今回、あとがきの文字数が少ないので巻きでお送りしております。

自分が初めてライトノベルに触れたのは異世界ファンタジーの全盛期でして、剣と魔法とドラゴンと呪文詠唱と（以下省略）は骨の髄まで刻み込まれたものでした。小、中学生の頃にワクワクした〝異世界の大冒険〟を、この作品で少しでも描き出せているよう願っております。人間の身体はなお剣戟の描写がやたら多いのは高校以降に時代小説にハマってたからです。人間の身体はこれまで摂取したものでできているというのは本当ですね。（笑）

文字数ギリギリでも根性で謝辞を。「オッサン削らないでがっつり書きましょうよ！」と発破をかけてくださった担当編集のM様（あのシーンの大増量はM様のお陰です）、美麗な、そしてワクワクする絵を描いてくださった桑島黎音様。印刷所、流通、書店の皆様。

そして、この本を手に取ってくださったあなたに、心からの感謝を！

二〇一八年七月　藤春都　拝

BRAVENOVEL
ブレイブ文庫

ガラクタ王子と覇竜の玉座

2018年9月28日　初版第一刷発行

著　者　　藤春都

発行人　　長谷川　洋

発行・発売　株式会社一二三書房
〒102-0072
東京都千代田区飯田橋2-14-2雄邦ビル
03-3265-1881

印刷所　　中央精版印刷株式会社

■作品の感想、ファンレターをお待ちしております。

■本書の不良・交換については、電話またはメールにてご連絡ください。
一二三書房　カスタマー担当　Tel.03-3265-1881
（営業時間：土日祝日・年末年始を除く、10：00～17：00）
メールアドレス：store@hifumi.co.jp

■古書店で本書を購入されている場合はお取替えできません。

■価格はカバーに表示されています。

Printed in japan.
ISBN 978-4-89199-495-2